퍼즐

퍼즐

초판 1쇄 인쇄 · 2021년 12월 20일
초판 1쇄 발행 · 2021년 12월 31일

지은이 · 강대선
펴낸이 · 한봉숙
펴낸곳 · 푸른사상사

주간 · 맹문재 | 편집 · 지순이 | 교정 · 김수란
등록 · 1999년 7월 8일 제2−2876호
주소 · 경기도 파주시 회동길 337−16 푸른사상사
대표전화 · 031) 955−9111(2) | 팩시밀리 · 031) 955−9114
이메일 · prun21c@hanmail.net
홈페이지 · http://www.prun21c.com

ⓒ 강대선, 2021

ISBN 979−11−308−1878−8   03810
값 17,000원

이 책은 🛡광주광역시, 🏛광주문화재단의 2021년도 지역문화예술육성지원
(전문예술인지원)사업으로 지원받아 발간되었습니다.

31

**푸른사상
소설선**

퍼즐

강대선 장편소설

과거의 조각들을 찾아 미래를 밝히는 일에

나는 미력한 힘이라도

얹고 싶었다

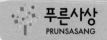

푸른사상
PRUNSASANG

　　　　손가락 지문으로 글자판을 두드리며 퍼즐
을 풀어가는 일은 무지한 나를 깨워 진실에 다가서는 일이었다. 과거
의 조각들을 찾아 미래를 밝히는 일에 나는 미력한 힘이라도 얹고 싶
었다. 퍼즐을 풀면서 여러 개의 계절이 지났다. 나는 수차례 길을 잃고
다시 처음으로 돌아오곤 했다. 『퍼즐』을 묶어 푸른사상사에 보내면서
도 나는 아직 4·3에 머물러 있다. 창밖에는 들국화가 피어 있다.

　　　　　　　　　　　　　　　　　　　　　　2021년을 보내며
　　　　　　　　　　　　　　　　　　　　　　　　강대선

차례

▪▪ 작가의 말   5

제1부 **제주**

탈출한 환자	11
조 원장	22
서북청년단	29
또 다른 의심	40
연분	47
무의식	56
달수의 친구	62

제2부 **섬드레**

연분 카페	77
달수의 눈	81
세 번째 눈	89
김 박사의 기억	103
호철의 기억	112

제3부 섬의 기억

기억 속으로   125

조 원장의 정체   142

새로운 카드   156

살인의 기억   166

암시   174

제4부 또 다른 섬

실마리   185

선택   200

폭풍 후   208

▪▪ **후기**   221

제1부

제주

탈출한 환자

2001년 봄. 미영은 한 통의 전화를 받았다. 제주의 조 원장이었다. 조 원장은 미영에게 '과거로의 여행' 프로젝트에 동참을 제안했다. 조 원장의 정신병원에 입원한 43호 환자를 대상으로 한 실험이었다. 짐을 꾸려 제주행 비행기를 탄 미영은 신문에서 '식물의 접붙이기' 기사를 읽었다. 유사한 종끼리의 접붙이기에서 이제는 이종 간 접붙이기가 성공하고 있다는 내용이었다. 육체적 DNA뿐만 아니라 정신적 DNA가 존재하고 있다면 이러한 정신의 이종교배가 가능할지 미영은 궁금했다. 한 사람의 인격에 다른 사람의 인격이 들어온다는 것은 이종교배나 다름없었다. 이종교배가 이루어진다면 그 사람은 고유의 정체성을 가지고 살아갈 수 없을 것이다. 하지만 달리 생각하면 살아가는 일은 끊임없는 이종교배의 접붙이기에 가까웠다.

미영은 신문을 접고 조 원장에게 받은 보고서를 꺼내 43호 환자가 썼다는 아내에 관한 부분을 읽어보았다.

샤워를 마친 지수는 발그레한 뺨을 나의 뺨에 부볐다. 나는 지수를 안았다. 지수의 머리가 물결처럼 찰랑거리자 나는 그때 왠지 모를 구토증을 느꼈다. 미끌거리는 습기와 비릿한 냄새가 뒤섞여 올라왔다. 피 냄새 같은 것들이 스멀스멀 올라오는 환각에 빠져 견딜 수가 없었다. 나는 문을 벌컥 열고 숨을 몰아쉬었다. 지수는 걱정스러운 눈빛으로 바라보았다.

"구토증을 느끼는 거예요?"

"으응, 이유를 모르겠어."

"의사가 모르면 되나요?"

지수는 걱정스러운 표정으로 한참 동안 등을 두드려주었다. 나는 속이 조금씩 편안해졌다. 지수는 내 손을 잡고 뭔가 할 말이 있는 듯이 얼굴을 빤히 쳐다봤다.

"왜? 지수……."

"우리, 아기를 가져요."

"아기? 그런 계획은 없었잖아."

"결혼하면 축복 속에서 아기를 갖는 거예요. 어쩌면 구토증도 사라질지 몰라요."

"나는 아빠가 될 준비가 안 됐어."

"준비는 천천히 하면 돼요."

지수가 나를 안았다. 지수의 머리카락이 찰랑거리자 나는 또다시 비릿한, 생선 시장 가판대 냄새를 맡았다. 나는 방에서 도망쳤다.

미영은 43호 환자의 기록 속에 나오는 지수란 여인이 궁금했다. 미영은 고개를 돌려 창밖을 내려다보았다. 어느새 한라산이 눈에 들어왔다. 제주였다.

공항으로 마중 나온 조 원장은 미영과 악수를 했다.

"반갑습니다, 정미영 박사."

은갈치 색 양복을 빼입은 조 원장은 강한 라벤더 향수 냄새를 풍기고 있었다. 사우나를 마치고 나온 것처럼 얼굴이 붉게 반질거렸다. 조 원장은 따로 마련된 실험실 세트장으로 미영을 안내했다. 실험실은 공항처럼 꾸며져 있었다.

"43호 환자는 자신이 서울에 살고 있다고 믿고 있어요. 그래서 이곳을 서울 김포공항으로 꾸몄어요. 이곳에서 그를 제주로 데려오는 설정이에요. 43호 환자는 자신을 정신분석학 박사인 김건우 박사로 알고 있어요. 그의 현실 인식은 현저하게 떨어져 있어 간단한 상징적 설치와 장치만으로도 효과를 보일 것으로 생각하고 있어요."

하지만 미영은 이러한 상황 설정이 왠지 어설퍼 보였다. 아무리 현실 인식이 떨어졌다고 해도 공항을 구별하지 못할 정도의 환자가 있을까.

미영은 흘러내린 안경을 손으로 밀어 올리고 펜으로 세트장의 구조를 그렸다. 43호 환자의 예상 동선을 점검하며 주위를 둘러보는 미영의 눈매가 빛났다.

"정 박사가 전화로 공항에서 만나자고 하면 43호 환자는 정 박사를 이곳 공항에서 기다릴 것이오. 이 실험은 정 박사에게 달려 있소. 43호 환자는 수년 동안 정신분석과 인문학 등 책을 닥치는 대로 읽었으니 그가 가진 지식은 수준급일 거요. 나는 공항에 마중 나가는 것으로 내 역할을 시작할 것이오."

미영은 무엇이 환자를 정신분석학이라는, 전문가들조차도 어려워하는 분야에 집중하게 했는지 궁금했다. 환자가 정신분석학 의사가 되려고 했다면 그만한 이유가 있을 것이다.

43호 환자를 김 박사라고 부르며 미영이 손을 들어 인사하자 김 박사도 손을 들었다. 회색 점퍼를 입은 김 박사는 수염이 자란, 며칠째 잠을 이루지 못한 사람처럼 초췌한 얼굴로 웃으며 다가왔다. 사진만으로 사람을 인지하고 친밀감을 가질 수 있을까. 43호 환자는 오랫동안 미영의 사진을 벽에 붙여놓았다고 했다.

"김 박사님, 일찍 도착하셨나 봐요?"

"나도 온 지 얼마 되지 않았어요."

"제주에는 연락해보셨어요?"

"탈출한 환자가 남긴 메모가 있다고 했어요. 조 원장 말로는 그 메모들이 흥미롭다는 거지. 조 원장은 내게 그 메모들의 의미를 분석해줄 수 있냐고 물었어요."

미영은 김 박사가 보여주는 이런 친밀감에 놀랐다. 정말 김 박사는 미영을 동료처럼 대했다. 미영은 이 상황을 어떻게 받아들여야 할지 몰랐다. 처음 보는 사람과 손을 흔들고 마치 오래전부터 만난 동료처럼 행세하는 일이 과연 가능할까. 하지만 김 박사로 불리는 이 환자는 이 상황을 자연스럽게 소화해내고 있었다. 미영은 이 분위기에 자신을 맞춰갔다.

"그런 거라면 사진으로 보내주면 될 것 같은데요."

"내가 직접 간다고 했어요. 사진보다는 직접 보고 만져보는 것이 환자를 이해하는 데 중요하다고 생각하거든. 육감 비슷한 것이라고 해야 하나요? 나는 그 느낌으로 환자와 소통하고 싶어요."

"느낌이라, 저는 아직 느낌으로 환자를 치료해본 적이 없어서요. 박사님께 배워야겠는데요."

"보이는 것만으로는 다 볼 수가 없지요. 난 환자들의 보이지 않는 이면을 볼 수 있어야 환자를 치료할 수 있다고 믿거든요."

미영은 이 환자가, 아니 김 박사가 수년 동안 정신분석학을 공부했다는 사실을 상기했다. 조 원장의 말처럼 김 박사의 지적 능력은 상당한 수준일지도 모른다.

"비행기가 연착되는 모양인데 커피 어떠세요?"

"좋습니다."

창문으로 가려진 밖은 안개가 장막을 친 듯 사물들의 윤곽을 보여주지 않았다. 미영은 43호 환자에 관한 보고서의 내용을 떠올렸다. 김 박사는 고향을 떠올리지 못했지만, 사진이나 방송에 나오는 제주를 보면 왠지 고향을 보는 것 같은 기시감에 사로잡힌다고 말했다. 그 기시감 때문인지는 모르지만, 미영은 어쩌면 김 박사가 기억하지 못하는 어느 시간에 제주를 가보았을지 모른다는 생각이 들었다. 기억하지 못할 뿐 제주는 김 박사의 기억을 보여주는 공간일 것이다.

조 원장이 둘의 움직임을 실험실 밖에서 지켜보고 있었다. 미영은 직원에게 커피를 주문한 뒤 김 박사와 의자에 앉았다. 둥근 탁자와 손님의 키 높이에 맞춰서 제작된 의자가 딱딱하지만 편안한 느낌을 주었다. 비행기 연착을 알리는 방송 다음에 유행가가 흘러나왔다. 공항에서 듣는 유행가라니. 미영은 웃음이 나왔으나 노래가 긴장된 마음을 이완시켜 주는 것 같아 싫지는 않았다. 미영은 음악을 들으며 '집중 효과'를 생각했다. 북적임 속에서도 한 사람의 소리에 집중해서 잘 들을 수 있는 것은 '집중 효과' 때문이었다. 시끄러운 나이트클럽에서도 나직하게 불리는 내 이름을 알아듣는 효과. 사람들은 이것을 '칵테일파티 효과'라고도 불렀다. 마찬가지로 사람들은 자신이 가진 생각을 옳다고 믿게 되면 나와 다른 의견들은 '그르다'는 필터로 걸러버렸다. 김 박사가 말없이 앉아 있자 미영은 김 박사에게 뭔가 자극이 될 만한 질문을 해봐야겠다고 생각했다.

"박사님. 시인 이상(李箱)의 심리에 대해서 어떻게 생각하세요?"

"갑자기 시인 이상이라니? 어떤 면에서 말인가요?"

"이상의 본명은 김해경(金海卿)이잖아요. 자신의 성을 부정한 첫 번째 사람이 아닐까 해서요. 존재의 부정. 그래서 그의 시는 기존의 것을 부정하는 데서 출발한 것이 아닐까요?"

"그럴 수도 있겠지요. 하지만 성을 바꾸었다고 자신의 존재 자체를 부정할 수는 없겠지요."

"큰아버지의 양자로 들어간 이상은 그 집에서 아들이 태어나자 자신의 존재에 회의를 느꼈던 것 같아요. 나는 누구인가? 이 집의 아들이지만 아들이 아닌 존재. 그의 불안한 심리가 정신병으로 나타난 것은 아닐까 해서요."

"이상이 정신 분열 환자란 말인가요?"

"네, 하지만 저는 오히려 그것이 이상 시인의 힘이 되었다고 봐요. 시를 쓰는 에너지라고나 할까. 특히 이상 시인에게 거울은 두 가지의 의미를 함께 지니고 있으니까요."

"거울을 바라보면 내가 낯설 때가 있지요. 뭐랄까. 낯선 어떤 이가 나를 바라보고 있다는 생각이 들곤 하니까요. 그것이 자아일 거예요. 거울은 나의 모습을 있는 그대로 보여주거든요. 나르키소스가 왜 우물에 빠져 죽었을까요? 그것은 우물에 비친 모습이 자신이라는 사실을 알지 못했기 때문이었어요. 실재하는 것과 허상으로 비치는 것과의 괴리감이랄까. 나는 그리스 신화에 인간의 본질과 허상이

동시에 스며 있다고 봐요."

미영은 김 박사를 쳐다보았다. 김 박사가 가지고 있는 문학적 지식도 상당했다. 미영은 흥미가 일기 시작했다. 처음에는 막연한 흥미였지만 지금은 구체적으로 다가왔다. 미영은 이상 시인의 시「거울」을 읽으면서 한 공간에서는 만날 수 없는 왼손과 오른손의 자아, 서로 배타적인 존재이면서도 자신과 함께 살아가는 또 하나의 존재, 부정하면서도 부정할 수 없는 존재에 관해 생각해보았다. 그러다가 왠지 모를 연민이 느껴지는 한 인간이 거울을 바라보고 서 있다는 느낌을 받았다. 띄어쓰기를 무시하고 생각을 나열해간 시는 묘한 울림을 주었는데 '나를 꽤 닮았으나 내가 아닌 나', 그런 어긋난 한 사람을 만나는 느낌이었다. 정신 분열은 말 그대로 정신이 분열된다는 말이었으나 분열을 일으키는 이유가 중요했다. 분열은 어떤 계기에 의해서 이루어지는 경우가 많았는데 스스로 감당할 수 없는 어떤 순간, 혹은 지속적인 괴롭힘으로부터 자신을 보호하기 위한 극단적인 방어기제이다.

미영은 최대한 김 박사의 기분을 맞춰주면서 이야기를 끄집어내고 싶었다. 커피를 마시면서 대화를 주고받는 사이 비행기에 탑승하라는 안내 방송이 나왔다. 김 박사는 표를 확인하고서 비행기세트장 중간 부분 왼쪽 끝자리에 앉았다. 왠지 귀향하는 기분처럼 설레고 조금은 긴장한 김 박사의 표정을 보면서 미영은 또 한 번고개를 갸웃거렸다. 조 원장이 신호를 보내고 있었다. 미영은 엄지와 검지로 동그라미를 그려 보이고 고개를 끄덕인 다음 김 박사의 옆자리에 앉았다. 김 박사가 미영을 향해 우주에 지구보다 진화한 생명체가 있다면 인간의 정신을 가장 먼저 탐냈을 것이라고 말하자 미영은 고개를 끄덕였다. 미영은 최대한 김 박사의 말을 경청하면서 속에 있는 말을 자유롭게 하도록 분위기를 만들었다. 김 박사가 말하는 것처럼 인간의 정신은 그 깊이가 우주처럼 무한했다. 이제 과학은 인간의 신비한 정신의 영역에 발을 디뎠을 뿐이다.

김 박사는 동행해준 미영에게 고마워하면서 정신을 연구한다는 것은 자신에게 질문을 던지는 일이라고 말했다. 다른 사람의 세계에 들어가기 위한 다리이기도 하면서 '나는 누구인가?'라는 철학과 함께 정신분석학에서 내걸고 있는 중요한 질문이기도 했다. 나를 잃어버린 사람이 나를 생각하고 있는 역설적 상황을 어떻게 받아들여야 하는지 미영은 순간 난감했다.

김 박사는 잠이 오는지 눈을 감았다. 미영은 다시 43호 환자에 관한 보고서를 펼쳤다. 김 박사는 배를 타면 구토증이 심해서 배를 타지 않는다고 적혀 있었다. 창문에 비친 김 박사의 얼굴을 들여다보니 낯선 노인의 얼굴이 보였다. 아무렇게나 헝클어진 흰머리가 주름진 눈두덩까지 내려와 삶의 신산함을 말해주고 있었다. 마른 몸이지만 꽉 다문 입술이 그를 다부져 보이게 했다.

미영은 다시 시인 이상을 떠올렸다. 김 박사는 자신과 악수를 하지 못하고 있는 것일까. 미영은 문득 그가 아내를 얼마나 기억하는지 알고 싶었다. 김 박사가 눈을 뜨자 미영은 슬쩍 그의 아내 지수에 관해 질문을 던졌다. 지수가 어디에 있는지 묻자 김 박사는 사별했다고 덤덤하게 대답했다. 그의 눈에 들어 있는 상실감을 보자 미영은 어떤 반응을 보여야 할지 몰라 당황했다. 김 박사의 상처를 건드린 것은 아닌가 싶었다.

"죄송해요, 박사님."

"괜찮아요. 이미 오래전의 일이니. 내가 일하러 나간 사이에 강도가 들어 아내를 살해했어요. 나중에야 알았어요. 아내가 칼에 찔린 것이 아니라 목이 졸려 죽었다는 사실도요. 정 박사, 담배 한 대 얻을 수 있을까요?"

"제가 담배 태우는 걸 어떻게 아셨어요?"

"느낌이에요. 내 경우에는 신경증이 심할 때에는 그게 나를 달래줬어요."

"저는 끊을 생각이에요, 박사님."

"공항에 도착해서 이것만 태우고 나도 끊을 거예요."

"약속하셨어요."

사별이라, 그것도 강도에 의한 살인이라고 했다. 미영은 김 박사의 말을 들으면서 이상하다고 생각했다. 부인의 죽음을 이야기하는 김 박사의 목소리는 색깔 없이 책을 읽는 것 같았다. 마치 지어낸 이야기처럼. '감정의 절제'라고 생각해도 이해되지 않았다. 무대 뒤에서 조종되고 있는 인형극을 보고 있는 것 같은 느낌이었다. 미영은 아직은 낯선 이미지로 다가오는 김 박사를 바라보았다.

조 원장

세트 밖에서 기다리고 있던 조 원장은 마중 나온 것처럼 김 박사와 반갑게 악수하고 미영과 인사했다. 조 원장은 T동에 있는 자신의 정신병원으로 차를 몰았다. 제주공항에서 20분도 걸리지 않는 곳에 있다고 말한 조 원장은 병원을 운영하면서 정신병에 관한 연구를 계속했다고 했다. 미영은 조 원장의 말을 들으면서 창밖을 바라보았다. 한라산 위로 드리운 흰구름은 푸른 바다로 이어져 흐드러지게 피어 있는 봄꽃처럼 보였다.

"원장님, 이렇게 아름다운 제주에 정신병자가 많다는 것은 모순이란 생각이 들어요."

"과거에 머물러 있는 이유일 거예요."

"과거에 잡혀 산다는 의미인가요?"

"제주는 과거에 4 · 3 학살이 자행됐던 곳입니다."

"그건 저도 알고 있습니다. 아름다운 바다에 취해서 그만 그 사실을 잊고 있었네요. 하지만 벌써 오십여 년이 지난 얘기 아닌가요?"

"오십여 년 전 기억에 머물러 있는 사람들도 있습니다. 이번에 탈출한 김달수라는 환자도 그중의 한 명으로 저에게 치료를 받고 있던 사람이었습니다."

미영은 조 원장의 말에 43호 환자의 파일을 처음 받아들고 느꼈던 것과 같은 호기심이 일었다. 시간이 지남에 따라 기억은 조금씩 왜곡되기 마련이었다. 기억하는 사람의 입장과 눈이 되어, 기억은 하나씩 자리바꿈을 해나가기 때문이다. 하지만 어떤 기억은 너무나 강렬해서 바위처럼 꿈쩍도 하지 않는다.

김 박사는 제주의 거리를 바라보았다. 제주는 관광객들로 붐볐고 관광 사업은 날로 번창하고 있었다. 이렇게 제주가 화려하게 변모할 동안 김 박사는 왜 제주에 와보지 않았는지 이상했다. 제주는 오래 전부터 김 박사 곁에 있었던 듯 익숙한 풍경으로 다가왔다. 마치 제주에서 태어나고 자란 것처럼.

T동으로 금방 갈 수 있다고 했으나 병원은 제주시에서 제법 벗어난 거리에 있었다. 조 원장의 병원은 정원이 잘 꾸며져 있었고 건물도 깨끗해 보였다. 환자들은 보이지 않아 한적함마저 느껴지는 정원의 사잇길로 접어들었을 때 갑자기 나무 뒤에서 한 환자가 뛰쳐나와 김 박사를 덮쳤다. 경비원이 달려와 황급히 환자를 붙잡았다. 환자는 김 박사를 보고 웃고 있었다. 왼쪽 콧방울 위에 콧구멍만 한 까만

점이 붙어 있었다. 점박이였다. 씨익, 입꼬리를 올리자 흑점이 부풀어 올랐다. 그 웃음은 김 박사를 전부터 알고 있는 웃음이었다. 낯선이를 바라보며 웃는 것과는 미묘한 차이가 있었다. 미영은 기분이 묘했다. 김 박사는 아무렇지도 않은 듯 바지를 털고 옷을 고쳐 입었다. 조 원장은 당황한 눈치였다.

"박사님, 죄송합니다."

"저는 괜찮습니다. 저 환자는 어떤 환자인가요?"

"누군가 자기를 죽이려 한다는 망상을 지닌 환자여서 사람을 피해다니는데 이런 일은 처음입니다."

점박이 환자가 이쪽을 보더니 빠진 앞니를 보이며 히죽거렸다. 평화로운 정원의 분위기와는 어울리지 않은 모습이었다. 미영은 정신질환을 아름다운 풍경과 어울리지 않는 이질성으로 보는 것은 편협된 사고라는 생각이 문득 들었다. 정도의 문제만 다를 뿐, 누구나 어느 정도 정신질환을 지니기 마련이다.

조 원장의 안내로 미영과 김 박사는 현관을 지나 1층 복도로 들어섰다. 2층과 3층은 환자들을 위한 시설로 되어 있었고 4층은 격리시설인 모양이어서 일반인은 출입이 금지되어 있었다.

"김달수 환자가 남기고 간 메모를 보고 싶습니다."

조 원장은 김 박사와 미영을 사무실로 안내한 다음 김달수의 노트를 보여주었다. 노트는 생각보다 꽤 두툼했다. 오랫동안 쓰고 지운 흔적과 알 수 없는 글자들과 숫자들이 가득 채워져 있는, 손때가 묻은 노트였다. 미영은 왜 조 원장이 김 박사에게 김달수 찾기를 시키는지 궁금했다. 조 원장이 의도하고 있는 것이 지금으로서는 무엇인지 짐작할 수 없었다.

미영은 노트에 휘갈겨진 글씨를 보면서 김달수의 정신 상태는 '분노'였을 것이란 생각이 들었다. 그 분노가 억제되지 못할 때 환자는 자해하면서 자신을 파괴해나갔을 것이다. 분노는 다시 말해서 치유되지 못한 상처다. 환자가 50년 전의 기억에서 멈춰 있다고 했으니, 기억에서 빠져나오지 못할 정도의 충격적인 일이 환자에게 일어났다는 것을 암시하기도 했다.

"가져가서 이 노트를 살펴봐도 될까요?"

"네, 박사님. 그렇게 하시지요. 두 분 숙소는 이 근처에 정해두었습니다. 차가 필요하시면 말씀하십시오."

김 박사가 가방에 노트를 넣고 복도로 나가자 조 원장이 김 박사의 모습을 주의 깊게 바라보았다. 미영은 조 원장이 탈출한 환자 김달수에 관해 뭔가 숨긴다는 느낌을 받았다. 정말 탈출한 것일까. 환자가 탈출했다고 하더라도 경찰에 신고하면 될 일이었다. 그렇다면 이건 설정된 상황일지도 모른다. 조금 전 김 박사를 덮쳤던 점박이 환자가 2층 창문 쇠창살 너머에서 히죽거리며 김 박사에게 손을 흔들었다. 여전히 묘한 느낌을 풍기는 사내였다.

조 원장이 마련한 숙소는 병원과 비교적 가까운 거리였다. 숙소에 들어서자마자 김 박사는 호주머니에 든 쪽지를 꺼내 미영에게 보여주었다. 점박이 환자가 넣고 간 쪽지였다. 김 박사는 미영의 생각을 들어보고 싶은 눈치였다.

'조 원장을 조심하시오. 동지.'

침을 묻혀 꾹꾹 눌러쓴 연필 글씨처럼 진하고 또박또박하게 쓰여 있었다. 놀라고 있는 미영과는 반대로 김 박사는 의자에 앉아 차분하게 뭔가를 생각했다. 과거의 기억으로 살아간다는 사람들이 있다고 하더니 이 메모를 두고 하는 말 같았다. 미영은 불길한 생각이 들었다. 이곳에서 무슨 일이 일어나고 있는 것일까. '동지'라는 어감 때문일지도 몰랐다. 21세기가 시작된 지금에 '동지'라는 말은 일상에서는 거의 쓰이지 않아 낯선 질감으로 다가왔다.

미영은 자신의 숙소로 옮겨가면서 김 박사와 한 시간 후에 숙소 앞에 있는 카페에서 만나기로 했다. 점박이 환자가 남긴 쪽지가 공통된 화제로 두 사람을 좀 더 묶고 있었다. 방으로 들어가다가 미영은 조 원장이 어디선가 보고 있다는 생각이 들었다. 미영은 커튼을 내렸다.

김 박사는 옷을 벗고 욕조에서 거울을 바라보았다. 낯설어 보이는 한 사내가 거울 속에서 자신을 응시하고 있었다. 샤워기를 틀자 쏟아지는 물이 마른 알몸을 타고 흘러내렸다. 바닥에 떨어지는 물소리에 김 박사는 움찔거렸다. 채찍 소리처럼 들려왔다. 구토증이 올라왔다. 냄새를 쫓았으나 비릿한 냄새가 올라오는 곳을 알 수 없었다.

몸은 계속해서 움찔거렸다. 샤워기를 잠그자 수증기로 거울이 흐릿했다. 김 박사는 미영을 떠올렸다. 제주가 어떤 곳이냐는 미영의 물음에 김 박사는 '아름답다'고 대답했었다. 아름다움은 아름답다고 말하는 순간 사라지는 말 같았다. 미영은 김 박사의 어린 시절을 알고 싶다고 했으나 기억이 남아 있지 않았다. 사라져버린 기억을 누가 아름답다고 말할 수 있을까. 아름다움은 기억으로 살아 있어야 아름다움이다. 문득, 제주를 환상의 섬이라고 일컫는 말이 떠올랐다. 사람들은 제주에 환상을 지니고 있었고 그 환상의 뿌리는 계속 뻗어나갔다. 환상의 뿌리, 그런 것이 있을까. 김 박사에게 제주는 사람들이 생각하는 아름다운 환상의 섬과는 거리가 먼 장면들이었다. 머릿속을 떠나지 않는 검은 환상의 뿌리들이 어느 날 문득 예상치 못한 순간에 불쑥 떠오르곤 했다. 시체를 부둥켜안고 울부짖는 여인의 얼굴과 길가에 길게 늘어선 주검들이 알 수 없이 떠오르면 김 박사는 숨을 죽이곤 했다. 환상의 뿌리는 기억의 깊은 자리에 자리하고 있었다. 환상은 어디로도 빠져나가지 못한 과거의 기억이 탈출하려는 시도가 아닐까. 슬픔일 수도 기쁨일 수도 없는 생이었다. 살아간다는 것은 과거로부터 오는 환상의 연장선에 놓여 있는 일이었다.

김 박사는 거울 속에서 점점 더 낯설어가는 늘어진 피부와 깊어져가는 물고랑 같은 주름을 바라보았다. 몸은 세월이 주는 변화에 충실했다. 김 박사는 거울을 보고 씨익, 웃었다. 또 낯설다. 그래도 어쨌든 살아 있는 것이다. 아내 지수가 보고 싶었다. 햇볕에 눈이 녹으면 덮여 있던 것들이 다시 드러나듯이, 지수는 여전히 기억 속에 살아 있었다.

서북청년단

　　"동지가 무엇을 뜻한다고 생각하나요?"

　김 박사의 목소리는 진지했다. 김 박사는 '동지'라는 말에 집착하고 있었다. 동지와 동무란 말은 50년 전에 흔하게 쓰던 말이었다. 그 환자가 박사님을 동지로 생각한다면 적은 누구인지를 미영이 되묻자 김 박사는 고개를 숙이더니 조 원장일 것이라고 나직이 말했다. 무슨 연유인지 김 박사의 무의식이 조 원장을 밀어내고 있는 것 같았다.

　　"이 일이 탈출한 환자와도 관련이 있다는 말처럼 들리는데요."

　　"모든 사건은 서로 연결되어 있어요."

　김 박사의 목소리는 너무 진지했다. 환자라는 선입견만 빼면 김 박사는 정신과 의사 역할을, 그것도 잘 해내고 있었다. 김 박사는 탈출한 환자가 넋두리처럼 써놓은 글들이 대부분인, 모서리가 닳아진 노트를 보았다. 글씨들은 그림처럼 보이기도 하고 암호 같기도 했다. 어지럽게 갈겨 쓴 글자들이 알 수 없는 상징을 형성하고 있었다.

"박사님, 여기는 구멍이 뚫려버렸네요. 뭐라고 쓰인 거예요?"

"서청."

"서청이 무엇을 뜻하지요?"

"서청은 서북청년단의 줄임말이지요."

김 박사는 서청에 관해 조사한 자료를 미영에게 보여주었다. 김 박사는 노트에서 서청을 발견하고 미리 자료를 조사한 것이다. 미영의 눈에 먼저 '우익 단체'라는 단어가 들어왔다. 그 밑으로 설명이 적혀 있었다.

서북청년단은 월남해 서울에서 조직되기 시작해 경기도, 황해도, 강원도를 비롯한 38선 인접 지역에 지부를 두었다. 아무 연고도 없는 북한 청년들이 중심이 돼 공산주의에 대한 그들의 적개심을 활용하여 좌익을 공격하는 데 앞장섰다. 서울에 총본부를 두고 도 단위로 본부를 두는 체제로 개편되었다. 제주도에서 민간인을 학살하는 등으로 제주 4·3 사건의 빌미를 만들었으나 여론이 악화돼 1949년 10월 조직이 해체되었다.

서청은 해방이 되자 좌익과 우익으로 나뉜 상황에서 탄생한 우익 단체로, 전국 단위 규모의 단체였다. 미영은 김 박사가 그어놓은 빨간 줄 표시 부분을 읽어내려갔다.

이승만과 미군의 후원 아래 제주 사태의 최일선에 서게 된 서북청년회는 군·경 모두에서 무소불위의 권력을 휘둘렀다. 중산간마을인 애월면 광령리 주민이던 고치돈은 특공대 시절 목격했던 서북청년회 출신 경찰들의 잔혹했던 행동에 대해 이렇게 증언했다.

"내가 외도지서 특공대 생활을 할 때 서북청년단 출신 경찰 이윤도(李允道)의 학살극은 도저히 잊을 수 없습니다. 그날 지서에서는 소위 '도피자 가족'을 지서로 끌고 가 모진 고문을 했습니다. 그들이 총살터로 끌려갈 적엔 이미 기진맥진해서 제대로 걷지도 못할 지경이 됐지요. 이윤도는 특공대원에게 그들을 찌르라고 강요하다가 스스로 칼을 꺼내더니 한 명씩 등을 찔렀습니다. 그들은 눈이 튀어나오며 꼬꾸라져 죽었습니다. 그때 약 80명이 희생됐는데 여자가 더 많았지요. 여자 중에는 젖먹이 아기를 안고 있는 사람도 있었습니다."

출처를 보니 제주 4·3사건 진상조사 보고서라고 되어 있었다. 김 박사는 인터넷에 올라온 일제강점기 시기를 조사해보았다고 했다.

미영은 김 박사가 건네준 자료의 내용을 정리했다. 제주는 일제강점기 시기에도 많은 고통을 받은 곳이었다. 섬이라는 특수성과 제주가 가지는 전략적 위치 때문이었을 것이다. 김 박사는 준비한 자료와 함께 설명을 덧붙였다.

"그래서 해방의 기쁨도 남달랐을 것이고, 하루빨리 독립된 나라를 건설하고 싶었겠지요. 이북은 이미 김일성이 차지하고 있으니 서청은 이곳 이남에서까지 밀리면 끝장이라고 생각했을 거예요. 그래서 그들은 지지 기반이 필요했고 그 기반이 이승만 정권과 미군이었을 겁니다. 그리고 자신들의 뜻에 반하는 세력에게 무차별 폭력을 가한 거지요. 그리고 그들은 이곳 제주에서 무고한 양민들을 학살한 거고."

"하지만 이것이 김달수 씨와 무슨 관련이 있을까요?"

"그 답은 조 원장이 가지고 있겠지요. 오랫동안 같이 있었다고 하니 그 이유를 알고 있을 거요. 김달수라는 환자에 관해 하나씩 알아갈 생각이오."

미영은 한 발 더 김 박사에게 다가선 느낌이었다.

양지식물과 음지식물처럼 살아 있는 생명체는 지향성이 있었다. 양지식물은 햇빛이 있는 방향으로 고개를 돌리지 않던가. 김 박사의 지향성은 무엇일지 궁금했다. 환자의 분열된 기억에도 지향하는 방향이 있을 것이다. 미영은 주위를 한 번 둘러보았다. 조 원장이 자신들과 떨어진 곳에 앉아 있었다. 미영과 눈이 마주친 조 원장이 커피

잔을 들어 보였다.

제주의 야경은 화려했다. 바다와 어울려 횟집들이 즐비했고 호텔들과 배들의 불빛이 제주의 바다와 항구, 그리고 거리를 밝히고 있었다. 관광객들은 제주의 야경과 섬이 주는 낭만과 여유를 즐기고 있었다. 문득, 김 박사는 제주에 눈이 내리면 한라산에 오르고 싶다고 말했다. 한라산이라는 말이 미영의 귀에 들어왔다. 이것도 지향성일지 몰랐다. 김 박사는 무의식적으로 한라산에 끌리는 것이다. 과거가 그를 끌어당기는 것인지도 모른다. 오르고 싶다는 김 박사의 마음속에 무엇이 꿈틀거리고 있을까.

사람들은 죽음이 자신들을 기다릴지도 모르는데, 오히려 죽음이 있어야 삶에 도전할 맛이 난다는 듯 산에 올랐다. 미영은 헤브(Donald Hebb)의 '감각 박탈 실험'이 떠올랐다. 실험에 참여한 사람들은 설명을 듣고 '식은 죽 먹기'라고 생각했다. 아무런 생각 없이 자고 먹고 화장실에 가면 되었기 때문이다. 하지만 좁은 실험실에서는 아무것도 보이지 않았고 들리지 않았고 만질 만한 것이 주어지지 않았다. 처음에는 잠을 자거나 사색에 빠지곤 했던 사람들이 점점 불편을 호소하다가 셋째 날에는 대부분 실험을 포기했다. 일부 환자들은 환각과 정서 불안을 경험하기도 했다. 돈이 문제가 아니라 이대로라면 실험자 자신이 미쳐버릴 것 같았기 때문이었다. 인간은 외부의 자극과 그로 인한 각성이 필요한 존재였다. 산을 오르는 일도 자극을 얻고자 하는 일이었다. 생의 각성을 얻고자 하는 몸부림이었고 이것이야말로 인간이 신에 가까이 다가가는 방법이기도 했다. 고통을 대면하고 고통 속에서 각성하는 인간. 동물과 다른 점이 있다면 이런 점일 것이다. 그래서 노인들에게 '아무 일도 하지 마세요'라고 말하는 것은 죽음을 의미했다. 인간은 스스로 깨어나는 각성의 동물이었다.

"박사님, 저는 바다에서 불어오는 바람이 좋아요. 생명의 DNA가 태초에 바다에서 시작한 것을 알고 계시죠? 생명이 스스로 진화해 가는 과정은 정말 흥미로워요. 네안데르탈인에서 호모사피엔스, 호모사피엔스사피엔스, 그리고 이젠 기계와 정보에 능숙하게 적응하고 있는 정보화된 인간들이 탄생하고 있잖아요. 수많은 데이터가 내일을 예측하는 데 도움을 주고 있어요."

"데이터가 많으면 예측이 더 어렵다는 아이러니를 알고 있나요?"

"노이즈 데이터(noise data)를 말씀하시는 건가요? 정보는 넘쳐나지만, 쓸모 있는 정보는 감추어져 있다는 거죠. 핵심 정보는 여전히 지배층을 위해 복무한다. 이런 말씀을 하고 싶은 건가요?"

"그런 면도 있지만 내가 말하고 싶은 것은 DNA가 스스로 살아남기 위해 우리의 신체뿐만 아니라 정신도 진화시킨다는 것이었소. 살아남기 위해 스스로 정신을 통제하려고 하는 것 말이오."

"그건 불가능할 것 같은데요."

"평상시에는 불가능하지요. 혹시 죽지 않는 해파리에 대해 들어본 적이 있소?"

"죽지 않는다면 영원히 산다는 건가요?"

"이론적으로는 그렇지요."

"설명을 좀 더 해주세요."

"이탈리아 살렌토반도 지중해의 해저 동굴에 이상한 해파리가 살고 있는데 이 해파리는 신체 길이가 일 센티미터도 되지 않지요. 홍해파리 학명은 'Genus Turritopsis'라고 해요. 그런데 1994년 홍해파리를 연구하고 있던 보에르 박사가 학생들이 수조에 넣어둔 해파리를 깜박 잊고 방치해두었지요. 장시간 방치해서 모두 죽었을 거라고 여긴 박사가 수조를 들여다보았더니 놀랍게도 갓 태어난 새끼들만 있었다는 거요."

"어떻게 된 건가요?"

"연구를 통해 밝혀보니, 해파리는 노쇠하여 죽기 직전에 번데기와 같은 모습으로 변해서 그 속에서 새로이 세포가 축소되어 갓 태어난 모습으로 돌아가 성장을 다시 시작한다고 하오."

"인간으로 치면 죽기 직전 노인의 상태에서 다시 자궁 속 같은 곳으로 들어가 아기로 변한다는 말이군요."

"그렇소. 그런 측면에서 자궁은 중요한 의미를 지니고 있소."

"번데기와 자궁. 뭔가를 준비하는 과정이라는 거군요. 지금처럼 정신병이 많은 현대 사회에서 인간들이 쉴 수 있는 새로운 자궁을 만드는 일이 가능할까요?"

"현대 사회가 발전하면 할수록 자궁과 같은 역할을 할 곳이 필요

할 거요. 정신병은 한 단계로 넘어가기 위한 후유증일지도 모르지요. 아니면 경고일지도 몰라요. 더는 비인간적인 방향으로 가서는 안 된다는.”

‘경고’라는 말에 미영은 점박이 환자가 불쑥 떠올랐다. 만일 점박이 환자가 준 메모가 ‘경고’를 말하고 있다면 어떻게 해석해야 할까. ‘조심하시오’는 경고성 문구였다. 미영은 점박이 환자가 김 박사와 관련이 있을 것 같았다. 김 박사의 말처럼 모든 것은 연결되어 있을 테니까. 하지만 그 연결이 속임수일 가능성도 있었다. 김 박사는 말을 계속 이어갔다.

“이미 한계에 다다랐으니 다시 인간이 지나온 길을 돌아보라는 의미일 수도 있지요.”

“정말 경고라고 생각할 수도 있겠군요.”

미영은 호기심 어린 눈으로 김 박사의 얼굴을 들여다보았다. 말하지는 않았지만 김 박사의 해박함에 미영은 내심 놀라 이 사람이 정말 환자인지 의심이 들 정도였다.

“박사님은 기억력이 참 좋으시군요. 그 많은 책을 언제 다 읽으셨어요?”

“모르겠소. 언제부턴가 기억해야겠다고 마음을 먹으면 머릿속에 각인이 되었소. 혹시 이 사람을 알고 있는지 모르겠소. 킴 픽(Kim Peek)이라는 서번트 증후군을 앓고 있던 사람이었소. NASA에서 특별 연구 대상으로 삼을 정도였소. 책 한 권을 읽으면 토씨 하나 안

틀리고 다 외웠고 더 놀라운 것은 자신의 경험까지 기억한다는 것이오. 예를 들면 1954년 6월 19일에 뭐 했어? 라고 질문을 하면 그날은 토요일이었고 아침에 사과랑 우유를 먹었고 친구들이랑 축구를 하다가 집에 왔는데 물감을 쏟아서 혼나고 점심으로 케밥을 먹었는데 먹다 보니 느끼해서 개 주고 친구랑 숙제하다가 나가서 누구와 함께 술래잡기 놀이를 했다고 기억하는 것이오."

"서번트 증후군이라면 자폐증이나 지적장애를 지닌 이들이 특정 분야에서 천재적 재능을 보이는 현상을 말씀하시는군요. 좌뇌가 손상된 경우, 우뇌가 이를 보완하는 경우죠. 특별한 경우이긴 하지만 엄청난 기억력이네요. 무서울 정도예요. 그런데 박사님은 잊고 싶은 것은 기억에서 지워버리고 싶지 않나요? 저는 기억만큼이나 망각의 필요성을 말하는 사람이기도 해서요."

"왜 그런 것을 물어보는 거요?"

"뇌도 기억의 용량이 있을 텐데 모든 지식을 다 기억할 수는 없지 않겠어요. 그래서 기억을 지우는 망각이 필요하지 않을까 해서요."

"내가 기억을 지우고 있는지 어떤지는 잘 모르겠소. 하지만 알아두시오. 난 기억에만 매달리지 않소."

"아, 박사님께는 느낌이라는 무기가 있었죠! 환자 치료에 느낌을 사용하신다고 하셨죠!"

"하하, 이거 원."

"어떤 책을 읽을 때 가장 느낌이 좋으셨나요?"

"정 박사는 트리나 폴러스가 쓴『꽃들에게 희망을』이란 책을 읽어 보았을 거요. 거기에 나오는 애벌레가 '나'라는 생각이 들었소. 나를 찾아가는 애벌레였단 말이오. 알을 깨고 나와 나뭇잎을 먹다가 문득 애벌레는 '그저 먹고 자라는 것만이 삶의 전부는 아닐 거야.'라고 생각하지요. 나도 그랬던 것 같소. 먹고 돈 벌고 높이 있는 자리를 차지하는 것만이 전부가 아니라는 생각이 들었던 거요. 그런데 어느 날 거대한 기둥을 발견하게 된 거요. 그 기둥 위로 올라가기 위해 애벌레들은 서로를 밟고 서로를 밀치고 서로를 죽였소. 그 기둥이 욕망의 기둥이었소. 현대사회에서 '더'라는 욕망으로 더 많이 얻고 더 많이 차지하고 더 많이 올라가고 싶은 욕망의 덩어리들. 나도 그 '더'를 욕망하는 패거리의 한 사람이었소.

"네에……."

"올라가다가 알았소. '밟고 올라가느냐, 아니면 발밑에서 깔리느냐'라는 물음을 나에게 던졌을 때였소. 나는 다른 사람을 밟고서 더 높이 올라가고 싶지 않았소. 그때부터 나는 '덜'을 욕망했소. 덜 갖기 위해 노력했고 덜 욕심을 부렸소. 덜 소유하기 위해 노력했고 그렇게 나는 '덜'을 욕망했소. 그것이 나에겐 번데기의 삶이었소. 그렇다고 지금 내가 나비가 된 것은 아니오. 나는 여전히 번데기로 남아 있지만, 나비가 되기를 소망하고 있소."

"덜 욕망해서 가벼워진 나비 말이군요. 언젠가 박사님이 나비가 되어 푸른 하늘을 날 수 있기를 바랄게요."

"고맙소. 얘기가 엉뚱한 데로 흘렀군."

미영은 오랜만에 나누는 담소가 즐거웠다. 김 박사가 가진 생각을 은연중에 들어보고 분석해보고 싶었으나 오히려 김 박사에게 빠져들었다. 조 원장이 감시하고 있겠지만 미영은 제주에서 이 모든 순간을 즐기고 싶었다. 미영은 조 원장에게 자신이 감시당한다는 느낌을 지울 수 없었다. 제주의 야경이 한눈에 들어왔다. 아름다웠다. 김 박사가 정신병 환자라는 사실을 잊을 정도였다. 밤이 깊어지자 더 밝아진 별들이 어둠을 새벽으로 밀어가고 있었다. 자리를 뜬 모양인지 조 원장이 보이지 않았다.

또 다른 의심

다음 날 아침, 김 박사와 미영이 병원에 도착했을 때 조 원장은 정원에 나온 환자들과 대화하고 있었다. 두 사람이 다가가자 이렇게 일찍 찾아올 줄 몰랐다는 듯 조 원장은 당황하는 기색이 역력했다. 조 원장을 따라 사무실로 가면서 환자들의 얼굴을 바라보았다. 환자들은 누구 하나 입을 열지 않았지만, 무언의 눈빛으로 우리가 김 박사를 알고 있다고 말하고 있었다. 환자 중 한 명은 김 박사를 향해 눈을 찡긋하기도 했다. 점박이 환자였다. 정신병원에서 오래 근무했지만, 미영이 진료한 환자들은 비교적 증상이 가벼운 환자들이어서 이런 중증의 환자들은 만나보지 못했다. 이런 환자들이 제주에 있었다니 미영은 놀라울 뿐이었다. 미영은 관찰하듯 환자들을 바라보았다.

조 원장은 사무실에 미영과 김 박사를 안내한 뒤 회진을 마치고 돌아오겠다며 사무실을 나갔다. 김 박사와 미영은 사무실에 앉아 커피를 마셨다. 김 박사는 화병의 위치를 바라보다가 오른쪽으로 돌아갔다는 듯이 왼쪽으로 틀었다. 미영은 김 박사가 여기를 알고 있다는 생각이 들었다. 김 박사는 조 원장의 환자였으니 여기 사무실에도 와봤을 것이다. 기시감이 들었을 것이라고 미영은 생각했다.

일을 마치고 조 원장이 사무실에 들어섰다. 자리에 앉은 조 원장에게 김 박사는 자신이 조사한 자료를 내밀었다. 자료를 살펴보는 조 원장에게 김 박사는 탈출한 환자와 서청에 관해 물었다.

"서청이라 했습니까?"

"그렇습니다."

조 원장은 미영을 바라보았다. 미영은 고개를 끄덕였다. 이번 실험에 탈출한 환자 김달수와 그가 남긴 노트를 끌어들인 것은 조 원장이었다.

"이것은 환자의 신상에 관한 이야기라 밖으로 나가면 안 됩니다. 일단 서청에 관한 일부터 들려드리지요. 아시겠지만 서청은 우익 중에서도 극렬한 우익이었습니다. 김구 선생을 암살한 안두희가 대표적인 서청 출신이지요. 제주에서 항쟁이 일어나자 이승만 정권은 서청 대원들을 제주도에 급파하게 됩니다."

"그럼, 탈출한 환자 김달수가 서청에 괴롭힘을 당한 것입니까?"

"아닙니다. 당한 것은 김달수의 형 김길수입니다. 김길수 씨는 공산주의자로 제주도 인민위원회의 청년대에서 활동했는데 나중에 미

군정이 제주를 장악하자 서청 대원들에게 잡혀 감옥에 들어갑니다.”

미영은 달수의 형 길수의 이야기를 듣자 김 박사와 엮인 김달수, 그리고 김길수를 머릿속에 그려 넣었다. 감옥에서 김길수 씨가 죽었는지 김 박사가 물어보자 조 원장은 고개를 저었다.

“인민위원회에 있었다면서요? 그들이 그렇게 쉽게 풀어줄 리가 없었을 텐데요.”

“김길수에게는 결혼을 약속한 연분이라는 여자가 있었습니다. 서청 대원이 김길수의 목숨과 혼인을 놓고 연분과 거래합니다. 연분은 김길수 씨를 살리기 위해 박건우라는 서청 대원과의 조건부 혼인을 허락합니다. 연분이 정사를 치르던 밤에 길수 씨의 동생 달수가 칼을 들고 갑니다. 어린 나이에도 분했던지 서청 대원을 죽이려고 한 것이지요. 달수가 칼을 들고 들어갔지만, 망을 보고 있던 서청 대원에게 붙잡히고 맙니다. 서청 대원이 달수를 죽이려고 하자 연분이 자기를 먼저 죽이라고 막아섭니다. 그래서 서청 대원은 달수를 죽이는 대신 나무 기둥에 묶어놓고 연분과 박건우의 정사 장면을 보게 합니다.”

“맙소사, 어떻게 그런 짓을…….”

“김달수는 그 충격 때문이었는지 한동안 나타나지 않습니다.”

“그럼, 김길수 씨는 어떻게 되었나요?”

“김길수는 나중에 연분이 자신을 살리기 위해 희생한 것을 알게 됩니다. 그들에게 복수하려고 가지만 오히려 죽임을 당합니다. 그들은 처음부터 그를 풀어줄 생각이 없었습니다. 김길수는 다른 조직을 색출하기 위한 미끼였던 셈이지요. 나중에 그가 있던 남로당 조직이 와해됐으니 김길수는 보기 좋게 이용을 당한 겁니다."

"그럼, 김달수는 형의 죽음을 알았나요?"

"아마, 알았을 겁니다. 김달수 씨는 형을 의지하고 살았기 때문에 충격이 컸을 겁니다. 그래서 지금까지 그 사실을 잊지 못해 노트에 구멍이 뚫릴 정도로 서청에 적개심을 보인 것이겠지요."

미영은 집중했다. 김 박사와 달수, 그리고 그의 형 길수, 형의 애인 연분까지 등장하고 있었다. 그리고 박건우라는 서청 대원. 그들의 관계가 탈출한 환자와 연관이 있다는 것인가. 미영은 형의 애인이었던 연분과 서청 대원의 정사를 본 달수의 눈이 떠올랐다. 기둥에 묶여 몸부림쳤을 아이의 눈. 그 아이의 목에는 다른 서청 대원의 칼이 대어져 있었을 것이다. 대원이 한 명 더 있었다면 정사를 벌이던 두 사람도 감시당하고 있었을 것이다. 서청 대원들끼리 서로를 감시한다는 의미였다. 미영은 다시 달수한테 집중했다. 분노와 두려움과 수치심과 모멸감이 한꺼번에 몰려들었을 아이는 분명 정신적인 상처를 입었을 것이다. 갑자기 우울해졌다. 왜 김 박사의 치료에 김달수 이야기가 끼어든 것일까. 미영은 조 원장을 바라보며 물었다.

"혹시 김달수 씨가 자살했을 수도 있나요?"

미영은 이미 달수가 이 세상 사람이 아닐 거라는 생각을 하고 있었으나 확실히 알고 싶었다.

"네, 그래서 저희도 경찰에 수사를 요청해놓고 있습니다. 지금까지는 김달수 씨와 같은 인상착의는 발견되지 않았습니다."

거짓말이었다. 환자를 걱정하거나 어디에 있는지 궁금해하지 않은 조 원장의 말투가 신경을 자극했다. 미영은 조 원장의 입을 바라보았다. 조 원장의 말은 끊기거나 주저하는 법이 없었다. 왜 거짓말을 하는 걸까. 조 원장은 이런 상황을 예상이라도 한 듯이 이야기하고 있었다. 미영은 조 원장의 실체가 궁금해지기 시작했다. 김 박사가 일어섰다.

"음, 알겠습니다. 원장님. 이만 돌아가겠습니다. 생각을 좀 정리하고 싶군요."

"네, 그렇게 하십시오, 박사님. 필요하면 언제든 연락하십시오."

김 박사가 앉았던 의자를 다른 자리에 밀어 넣었다. 마치 그 의자는 그곳에 있어야 한다는 것처럼. 미영은 그런 김 박사를 바라보았다. 기시감이 다시 살아나는 것인가.

"박사님, 박사님은 이곳에 무척 익숙해 보이네요."

"그냥, 의자가 낯익어 보여서……."

"원장님께 이 의자에 관해 물어볼까요?"

"아닙니다. 너무 신경이 예민해서 그럴 거요. 자, 나갑시다."

"네, 박사님."

미영은 김 박사와 함께 복도를 걸어 나왔다. 밖에 있던 환자들은 모두 자신의 병실로 돌아간 모양인지 한산했다. 적막한 병원이 오히려 더 이상해 보였다. 조 원장이 미영과 김 박사를 바라보고 있었다.

숙소로 돌아온 미영은 달수를 떠올렸다. 박건우 그자와 연분의 정사 장면을 지켜본 달수의 눈. 그 눈은 넋을 잃은 공허였을 것이다. 보지 않으면 죽인다고 했으니 달수는 눈을 뜨고 있었을 것이다. 보지 않았을 수도 있으나 그것이 보는 것이든 듣는 것이든 상상하는 것이든 모두 상처였다. 미영은 어린 달수의 눈을 떨치고자 샤워를 했으나 아이의 눈은 미영을 계속 쫓아왔다. 어쩌면 달수는 형의 죽음을 지켜봤을지도 모르는 일이었다. 미영은 길수의 애인 연분에게 뭔가 더 있을 것 같았다. 연분의 행방을 알 수 있다면 김달수에 관한 실마리가 풀릴 거란 생각이 들었다. 서둘러 샤워를 마치고 전화기를 들었다. 조 원장 모르게 알아보고 싶었다.

미영은 후배 혜란을 통해 알게 된 정보통 제이슨 김에게 연락을 넣었다. 미영은 제이슨 김에게 비공개로 정신과 치료를 해주었었다. 그가 일하는 기관의 특수성 때문이었다. 치료의 인연으로 제이슨 김과 미영은 친분이 두터웠으나 미영이 제이슨 김에게 부탁하는 건 처음이었다.

김연분. 제주가 고향, 나이는 70대 중반. 그 정도로 좁혀가면 연락처는 쉽게 구할 것 같았다. 연분이란 이름은 흔한 이름이 아니었다. 제이슨으로부터 연락이 왔다. 연분이 사는 곳은 부산이었다.

미영의 의심은 계속해서 조 원장을 향하고 있었다. 조 원장은 김 박사에 관한, 어쩌면 제주 4·3과 관련한 중요한 내용을 숨기고 있는 것이 분명했다. 궁금하면 파고 들어가야 했다. 미영은 제이슨이 알려준 번호로 연분에게 전화를 넣었다.

연분

전화기에서 여자의 차분한 음성이 들려왔다. 미영은 조 원장과 함께 일하는 정미영 박사라고 자신을 소개했다. 조 원장이라는 말에 여자가 긴장을 푸는 느낌을 받았다. 미영은 이미 50년이 지난 일을 다시 꺼내어서 연분이라는 이분을 힘들게 하는 것이 옳은 일인지 잠시 망설였으나 사건의 단서를 풀기 위해서는 정공법을 택할 수밖에 없다고 생각했다.

"남편 박건우 씨에 관해 알고 싶어서 전화를 드렸습니다."

"제 남편에 관한 이야기라고 하셨습니까?"

"네, 그렇습니다. 실례가 되지 않는다면 몇 가지 질문을 드리고 싶습니다."

"무엇을 말해달라는 것인지 모르겠지만 원장님께 이미 다 말씀드렸어요. 제주도에 있을 때 저는 길수 씨가 죽은 사실을 몰랐습니다.

서울로 올라가자고 한 것도 저였어요. 지옥 같은 제주에서는 하루도 살고 싶지 않다고 울었어요. 하지만 건우 씨와 저는 결국 제주를 떠날 수 없었어요. 박건우 씨, 그 사람은 천성적으로 나쁜 사람은 아니에요. 살기 위해서, 그래요, 살기 위해서 조의도가 시키는 대로 나와 결혼하고, 살기 위해서 길수 씨를 죽였어요. 죄가 없다는 것이 아니라 그럴 수밖에 없는 상황이 있었다는 것을 말하고 싶은 거예요. 북에서 부모가 죽고 악에 받친 채 남으로 내려온 그를 이용한 것이 이남의 정치 세력이었어요."

준비라도 한 듯 갑자기 쏟아내는 연분의 말을 미영은 듣고 있었다. 미영은 당황스러웠다. 길수의 애인인 연분이 길수를 죽인 건우를 변호하고 있다니 이런 상황을 어떻게 받아들여야 할지 몰랐다. 연분의 마음은 길수보다 박건우에게 더 쏠려 있었다.

"그럼 박건우 씨는 어떻게 되었습니까?"

"건우 씨는 밤마다 악몽에 시달렸어요. 아마 죄책감이었을 거예요. 한번은 잠결에 일어나 나를 칼로 찌르려고 했어요. 저는 광기와 두려움과 분노로 가득 찬 그의 눈을 봤어요. 악마 같은 그의 눈이, 사람이라고는 할 수 없는 그 눈이 나를 보고 있었어요."

"그래서 어떻게 됐죠?"

"그 후가 더 비극이었어요. 전쟁이 일어나고 북한군이 밀고 내려오자 제주에 남아 있던 포로들을 모두 쏴 죽였어요. 포로들을 쏴 죽인 사람 중에는 건우 씨와 일했던 서청 대원들도 섞여 있었어요. 선우 씨는 포로들을 살리려 했지만, 구하지 못했어요. 죄책감에 시달리던 건우 씨는 제주에서 죽었어요."

연분의 말은 대본을 보고 읽는 것 같았다. 미리 준비한 이야기. 중요한 대목은 건너뛰고 말하는 방식이었다. 구체적인 내용은 빠진 채 연분은 자신이 하고 싶은 말만 전달했다. 조 원장이 뒤에서 조종하고 있다는 인상을 받았다. 미영이 부산으로 달수가 찾아오지 않았는지 묻자 뜻밖에도 연분은 달수가 10년 전쯤에 찾아왔다고 대답했다. 미영은 묘한 심리전에 걸려든 기분이 들었다. 분명히 말은 연결되고 있는데, 그 사이의 정보들은 모두 빠져 있었다. 연분의 목소리는 뭔가를 숨기려는 듯 경직되어 있었다. 하지만 미영은 연분의 말에서 필요한 정보를 걸러서 듣고 있었다.

"달수 씨가 찾아와서 뭐라고 하던가요?"

"저를 죽이고 싶다고 했어요. 자신의 형을 죽게 만든 나를 용서할 수 없다고 했어요. 그리고 그날 박건우와 벌인 정사도 용서할 수 없다고 했어요. 그의 손엔 칼이 들려 있었어요. 그래서 죽이라고 했죠. 이 목숨이 뭐가 아쉽겠어요. 이 목숨은 아무런 쓸모도 없다고 했어요."

잠겨 있는 연분의 목소리는 낮고 담담했지만, 그 목소리가 미영의 신경을 건드렸다.

"그러자 달수 씨는 어떻게 했나요?"

"칼로 저를 찔렀어요. 그런 다음 119에 신고를 했어요. 그리고 나를 보고 말했죠. 연분은 죽었으니까 다른 연분으로 살아가라고. 그래서 저는 죽지 않고 지금까지 살고 있어요."

미영은 연분이 죽었으니 다른 연분으로 살아가라는 문장의 의미를 생각했다. 지금까지 잡고 있던 인연의 끈을 놓겠다는 의미였다. 그렇다면 달수는 연분을 용서한 것이 된다. 정말 달수는 길수를 배신한 연분을 용서한 것일까. 달수의 행동에는 이해되지 않은 부분이 많았다.

"그 후로는 다시 찾아오지 않았나요?"

"네, 찾아오지 않았어요. 달수는 울고 있었어요. 그것은 제 남편 박건우와 같은 의미의 울음이었어요. 달수, 그 사람도 섬에서 빠져나오지 못했어요. 두 사람은 모두 섬에 갇혀 있어요."

두 사람이 섬에 갇혀 있다니 무슨 말을 하는 것일까. 달수는 죽었는데 아직 섬에 갇혀 있다는 말은 무슨 뜻일까. 미영은 연분의 말이 안개 속에 있는 것 같았다. 연분이 사용하고 있는 섬의 의미는 죽음이기도 하고 죽음과 같은 죄책감이기도 하고 빠져나오지 못하는 과거의 기억이기도 할 것이다. 그런데 두 사람이 섬에 갇혀 있다고 했다. 미영은 지금의 상황을 다시 정리하고 싶었다. 어디부턴가 단추가 잘못 끼워진 것이다. 미영은 이런 전화 통화로는 연분에게서 김달수에 관한 단서를 얻지 못할 것이라는 생각이 들었다. 미영의 느낌이 맞는다면 연분이라는 여자는 계속해서 미영을 경계하고 있었다. 뭐라고 딱히 말할 수는 없지만, 목소리의 흔들림이라거나 말의 사이와 사이, 그리고 왠지 자연스러움에서 어긋난 억양이 미영의 신경을 계속 자극하고 있었다. 분명 뭔가 숨기고 있었다. '다른 연분으로 살아라'는 말에는 연분과 연분이 묘한 뉘앙스로 깔려 있었다. 그러고 보니 박건우와 김건우 박사는 이름이 같았다. 이건 또 뭔가? 건우와 건우. 미영의 예리한 감각이 파고들었다. 분명 뭔가 있지만, 그것이 뭔지 확실하게 잡히지는 않았다. 전화를 끊었다.

미영은 연분이 한 말을 생각했다. 포로들을 다 쏴 죽였다? 폭동을 염려한 것이었을 것이다. 명령과 총알은 차가운 금속성같이 감정이 없었다. 피가 튀기는 장면을 바라보는 병사들만이 고스란히 죽음의 트라우마를 떠안았고 그 순간은 인간이 아닌 기계가 되어야 했다. 철로 된 가면일 수도 있지만, 그 안에 있는 인간은 감정을 지닌 동물이지 않은가. 상처는 가슴을 파고들어 오래도록 가면 뒤의 인격을 괴롭힐 것이다. 감정이 거세당한 기계가 되어 방아쇠를 당기거나 감정을 지닌 채 방아쇠를 당기거나 둘 다 비극이었다.

휴대폰이 울렸다. 조 원장이었다. 김달수의 친구가 서울에서 제주도로 오고 있다는 내용이었다. 갑자기 김달수의 친구라니 미영은 의아한 생각이 들었지만 어쨌든 새로운 국면이었다.

김 박사는 김달수가 남기고 간 노트를 다시 살펴보고 있었다. 다른 글씨는 검은색인데 미 군정 장관 딘(W.F.Dean)과 박진경이라는 글자는 빨간색으로 썼다는 것을 확인할 수 있었다. 색깔별로 간추리자 무슨 글자인지 알아볼 수 있었다. 김 박사는 4·3 사건 때 미군의 역할을 생각해보았다. 미군은 책임이 없다고 할 수 있을까. 미 군정 장관 딘은 박진경 연대장의 토벌 정책을 묵인하거나 장려하는 등 오히려 4·3항쟁을 부추긴 혐의가 있었다. 박진경에 대해 알아봤다. 박진경은 무작위로 도민들을 잡아들이는 등 대대적인 토벌 작전을 강행한 자였다. 그런 박진경의 강한 토벌 작전을 칭찬하고 1948년 6월 초에 직접 내려와 대령 진급 계급장을 달아준 것도 딘이었다. 미 군정의 비호를 받던 박진경도 부하들의 반발로 6월 18일 암살당했다. 역사는 아이러니했다.

노크 소리가 들렸다. 정미영 박사였다.

"박사님, 뭘 좀 발견하셨어요?"

"당시 4·3사건에 미군이 관여한 부분을 찾아보고 있었소."

"미군도 책임이 있나요?"

"가장 큰 책임은 국민에게 총을 겨눈 이승만 정권에게 있겠지만 그것을 묵인한 미 군정도 잘못이 없다고는 못 하겠지요. 1948년은 제주도민에겐 비참한 해였소."

"대한민국이 수립된 해가 아닌가요?"

"남한만의 정부 수립이었소. 북한도 기다렸다는 듯이 자신들의 정부를 수립했고."

"그리고 남한은 미 군정이 지배했죠."

"그렇소. 미군에게는 자신들의 군사적 이익이 중요했으니까. 이곳을 포기할 수 없었을 거요. 미군에겐 공산주의 장벽을 막아줄 전략적 요충지가 필요했을 거요. 이곳 한반도 다음이 바로 일본이니."

"직접적인 위협이 된다는 생각이었군요."

"그렇겠지요. 그러니 국민이 어떤 생각을 하는지, 어떤 정부를 필요로 하는지는 중요하지 않았을 거요. 미군들은 자신들에게 협조적인 정부를 원했을 테니까."

"그 정부가 이승만 대통령인가요?"

"난 그렇게 생각하오. 난 이승만 대통령이 가지고 있는 당시의 가치관도 살펴보고 있소. 그는 조선 왕조의 피가 흐르는 사람이오. 그는 국민을 소유물의 개념으로 생각했을 수도 있소."

미영은 '소유'라는 말에 반감이 생겼다. 아무리 봉건주의 사고방식을 가졌다고 할지라도 국민을 '소유'의 개념으로 생각하는 것은 억지 같았다. 미영의 표정을 보았는지 김 박사는 이야기를 이어갔다.

"한번 박힌 가치관은 변하지 않는 법이오, 그건 소유의 개념이오. 내 것이니 누가 나에게 이래라저래라 할 수 없다는 생각. 그것은 봉건적인 왕들에게 흔히 볼 수 있는 가치관이오."

"그래서 국민을 내 소유라 생각했다는 건가요?"

"그렇게 생각하지는 않았을지라도 자신의 정권을 유지하기 위해 희생물로 삼은 것은 확실하오. 정권은 개인이 아니오. 정권은 하나의 이념을 같이한 거대한 집단이오. 그리고 그 집단을 움직이는 핵심 인물들이 있는 것이고."

미영은 김 박사에게 연분에 관한 이야기를 꺼내려다가 좀 더 신중할 필요가 있다는 생각에 입을 다물었다. 문득, 김 박사가 정신병 환자라는 사실을 미영은 잊고 있었다. 미영은 그 사실에 놀랐다. 오히려 존경하는 동료 의사로 김 박사를 인정하고 있었다. 미영은 이런 상황이 당황스러웠으나 싫지는 않았다. 미영은 다시 생각을 정리했다. 연분은 김달수와 박건우가 같이 제주를 빠져나오지 못했다고 했다. 두 사람이 모두 제주에 갇혔다면 두 사람은 한 사람이라는 의미로 해석할 수 있었다.

두 사람이 한 사람? 미영은 갑자기 불꽃이 튀었다. 박건우가 김달수, 김달수가 박건우라는 얘기인가? 연분의 말속에 숨은 의도를 짚어가던 미영은 그 두 사람이 하나일 수 있다는 생각에 오싹 소름이 돋았다. 박건우와 김건우, 박건우와 김달수를 그려보던 미영은 박건우라는 이름에 점을 찍었다. 분명 뭔가 있다.

방에 돌아온 미영은 라디오에서 나오는 음악의 볼륨을 높이고 전화를 넣었다.

"급해. 김건우와 박건우를 찾아봐줘. 어, 제주. 정신병원. 70대 중반."

제이슨의 전화를 기다렸다. 미영은 '만에 하나'가 전체의 판을 바꿀 수 있다고 믿고 있었다. 우연히 이름이 같을 수도 있다. 하지만 이름은 강력한 상징이기도 했다. 휴대폰이 울렸다.

"김건우라는 사람은 없어요. 박건우라는 사람의 주소는 조철민 원장이 운영하는 제주 정신병원으로 나와요. 선배, 요즘 제주에 무슨 일 있어요?"

"아니야, 고마워."

맙소사, 김 박사는 박건우였다. 미영은 충격을 받으면서도 묘한 쾌감을 느꼈다. 이것이었구나. 조 원장이 숨기고 있는 것이. 하지만 이제부터가 더 흥미로웠다. 그 이유를 밝혀내고 싶었다. 박건우는 왜 김 박사가 되었을까. 아니면 되어야만 했을까. 조 원장의 말을 유추해본다면 길수를 죽이고 그의 애인 연분을 빼앗은 죄책감에서 비롯된 자기부정일 확률이 높았다. 자신의 인격을 부정하고 새로운 인격인 김 박사를 만들어낸 것으로 생각해볼 수 있었다. 조 원장은 이 모든 사실을 알고 있었을 것이다. 그런데 조 원장은 여기에 길수의 동생 달수를 끌어들였다. 그리고 달수의 친구를 데려온다는 조 원장의 의도가 미심쩍었다. 미영은 일단 조 원장의 행동을 지켜보기로 했다. 팽팽한 긴장감이 살아났다.

창문을 열었더니 비가 내리고 있었다. 봄비. 미영은 빗방울들이 맺혀 있는 가지들을 바라보았다. 무슨 눈물을 저리 많이 달고 있는가. 왠지 가슴이 저릿해졌다.

무의식

　　　　　김 박사는 밤늦게까지 자료를 찾다가 잠
이 들었다. 꿈속에서 회색으로 드리운 장면들이 하나씩 끊어진 채
올라왔다.

　바다를 바라본다. 구토증이 올라와 고개를 돌린다. 옆에서 지수가
머리카락을 찰랑거리며 웃고 있다. 지수의 손에는 임신 테스트기가
들려 있다. 내 입술에 키스한다. 임신이에요, 당신과 나의 아기라고
지수가 말하자 나는 지수를 멍하니 바라본다. 지수가 내 손을 끌어
다가 배를 만져보게 한다. 지수의 배는 제주의 오름처럼 점점 올라
와 보름달처럼 부풀어 오른다. 아니, 그것은 거대한 무덤이었다. 순
간 나는 호흡이 빨라진다. 나는 지수를 향해 소리친다.
　지수, 난 행복할 수 없어. 난 행복해서는 안 되는 인간이야. 내 아

기라고? 아니야 지수, 난 두려워, 이런 행복을 내가 가지는 게 두려워, 아기는 나의 무덤이야, 나의 죽음, 아니 우리의 무덤. 제주의 무덤, 모든 이들의 무덤이야.

지수가 주저앉아서 운다. 나는 소리치다가 지수가 가여워 '가엾은 지수……'라고 말한 뒤 지수를 안는다. 그리고 모든 것이 내 잘못이라고 말하고 주저앉는다.

지수는 울고 있는 내 얼굴을 들여다본다. 나는 지수의 볼에 입을 맞춘다. 다시 기분이 밝아진 지수가 나를 바라보더니 아기 이름을 지었다고 말한다. 나는 아기 이름을 물어본다. 지수는 아기 이름을 속삭인다. '연분.' 당신과 나는 천생연분, 그래서 연분이라고 말한다. 연분이라고? 맙소사!

식은땀을 흘리며 깨어난 김 박사는 멍하니 허공을 바라보았다. 어디선가 많이 들어본 이름, 연분이라는 이름은 김 박사와 지수가 아기에게 지은 태명이었다. 김 박사는 연분이라는 이름을 듣고도 왜 아기의 태명을 생각하지 못했는지 의아했다. 태명을 생각하지 못하다니. 지수와 함께 연분이라는 태명으로 불리던 아기는 죽었다. 김 박사는 머리를 감쌌다. 어떻게 된 일일까. 연분과 연분의 관계는 그냥 우연이 아닐지도 몰랐다. 도움이 필요했다. 미영에게 전화를 넣었다.

김 박사의 말을 들은 미영은 의구심이 생겼다. 김 박사의 아내 지

수와 함께 죽어간 아기의 이름이 연분이라니! 연분과 연분이 서로
이어지고 있었다. 미영은 김 박사가 지수를 죽인 범인일지도 모른다
는 생각이 들었다. 하지만 고개를 저었다. 김 박사는 박건우였다. 그
럼, 연분이라는 태명을 박건우가 지었을 것이다. 연분이라는 태명.
박건우는 죄책감에 자신의 아내 연분의 이름을 부를 수 없었을 것이
다. 그래서 아기에게 대신하여 불러보고 싶은 마음이었을 것이다.
박건우가 지수를 죽였다면 이유가 있어야 했다. 미영은 박건우에 관
해 알아야 한다는 생각이 들었다. 지금은 박건우가 김 박사의 인격
으로 있으니 김 박사의 무의식을 두드려보아야 했다. 어쨌든 달수의
친구가 오기로 한 내일까지는 시간이 있었다.

　미영은 김 박사와 제주 바닷가 횟집에 앉아 술잔을 기울였다. 미
영은 김 박사의 빈 잔에 술을 채웠다.
　"태명이 연분인데 부산에 있는 그분의 이름도 연분이라니. 우연치
고는 심한 우연이네요. 박사님 생각은 어떠세요?"
　미영은 박건우이기도 한 김 박사가 부산에 있는 연분을 기억하는
지 궁금했다.
　"그게 우연일까요?"
　미영은 김 박사의 얼굴을 보았다. 김 박사는 자신을 둘러싼 일을
의심의 눈으로 보고 있었다. 조 원장이 다른 의도로 김 박사에게 접
근하고 있다면 미영도 조 원장을 도울 수 없다는 생각이 들었다. 어

쩌면 내일이라도 조 원장은 당장 김 박사에게 충격요법을 가해 김 박사의 기억을 흔들어버릴지도 몰랐다.

"그럼, 뭐라고 생각하세요?"

"나는 뭔가 다른 것이 있을 거 같다는 생각이 든단 말이오. 이를테면 나를 좀 더 캐고 싶어 하는 누군가가 교묘하게 나를 속이고 있다거나 하는 그런 생각 말이오."

"무슨 말씀이세요?"

"미안하오, 갑자기 내가 신경이 예민해져서. 누가 내 기억 속에 연분이라는 이름을 심은 것은 아닐까요? 너무 비약인가요. 그렇다면 미안해요. 내가 아내의 죽음 이후로 트라우마가 좀 있어요. 정 박사가 이해해줘요."

김 박사는 자신을 믿지 못하고 남을 의심하는 불안 증세를 보이고 있었다. 제주의 야경을 바라보는 김 박사의 얼굴에서 쓸쓸함이 느껴졌다. 미영은 이 남자에게 모종의 연민이 일었다. 박건우. 박건우에게 무슨 일이 일어났던 것일까. 지수는 박건우의 아내가 아니었다. 지수가 죽었다는 말도 태명이 연분이라는 말도 다 박건우의 의식이었다. 이유를 알고 싶었다. 미영은 이제부터 시작이란 생각이 들었다.

무거워진 분위기를 바꾸고 싶었다. 제주는 활기찼다. 젊은 사람들의 도시였다. 번화한 도시와 관광지마다 넘쳐나는 사람들. 도로는 넓어지고 건물들이 들어서 있었다. 먹고살기 힘들었던 제주가 아니라 이제는 모든 것이 풍요로 넘쳐나는 도시였다. 화수분이랄까. 재물이 계속 나오는 보물단지 같았다.

"박사님, 저는 제주가 좋아요. 바다가 있고 바람이 있고 돌이 있고 볼거리도 많고."

"그리고 또 뭐가 있지?"

"비밀이 있죠."

"비밀?"

"그 비밀이 궁금하신가요? 박사님께만 알려드릴게요. 이곳에 첫사랑이 있거든요. 이곳에 오면 꼭 첫사랑을 만나는 기분이 들어요."

"정 박사의 첫사랑이라……."

"그때는 학생이었죠. 그 남자는 바다 냄새가 풍기는 제주 남자였고 저는 그 바다가 마냥 좋았어요."

미영의 풋풋한 표정을 바라보던 김 박사가 얼굴에 미소를 머금었다. 미영은 이곳에 와서 첫사랑으로 돌아간 기분을 맛보고 있었다.

미영은 소주 한 잔을 더 따랐다. 맑은 술이었다. 그런 미영을 보던 김 박사가 무슨 말인가를 중얼거렸다. 한 병을 다 비운 미영은 김 박사의 말을 흘려듣고 바다를 바라보았다. 바다는 내일을 향해 깊어가고 있었다. 미영은 뭔가를 놓치고 있다면 내일 그 실마리를 얻고 싶었다. 조 원장은 그 친구라는 사람과 어떻게 연락이 닿은 것일까. 일단 만나보면 새로운 단서를 발견하게 될 것 같았다. 오늘은 아무 생각 없이 이 시간을 즐기고 싶었다. 바람이 시원하게 불어왔다.

"박사님, 아까 무어라고 중얼거렸어요?"

"아무것도 아니오."

"순수와 뭐라고 하셨잖아요."

"아, 순수와 비애."

"멋진 말이네요. 순수와 비애라니."

"이 소주에는 말이에요, 순수와 비애가 같이 들어가 있어요. 이렇게 맑아 보이지만 이 맑음 속에는 비애의 눈물이 들어가 있거든요."

미영은 '순수와 비애'라는 말을 입에 굴려보았다. 순수는 비애를 맛보기 마련 아니던가. 길수와 달수 그리고 연분의 순수는 비애였을까. 갑자기 소주 한 잔이 눈물처럼 느껴졌다. 눈물을 마신다는 생각이 들자 미영은 문득 슬퍼져 고개를 흔들었다. 항구의 불빛이 소주 잔에 아프게 스며들어와 있었다.

달수의 친구

아침부터 벨이 울리고 있었다. 미영은 손을 더듬거려 수화기를 찾았다. 조 원장이었다. 미영은 시계를 보고 늦지 않게 가겠다고 말하고 전화를 끊었다.

미영은 복도에서 피곤한 얼굴로 걸어오는 김 박사를 만났다. 김 박사는 미영을 보고 어젯밤에 또 꿈을 꾸었다고 했다.

"무슨 꿈을 꾸셨어요?"

"가뭄이었는데 비가 왔어요. 시원한 물줄기에 감자순이 뻗어나갔는데 그 끝에서 감자를 캐고 있는 누군가의 얼굴이 보였어요. 가까이 다가가니 할아버지였어요. 할아버지가 나를 돌아봤어요. 분명 어디서 본 얼굴인데 흐릿해서 알아볼 수가 없었어요."

미영은 지친 표정을 짓고 있는 김 박사를 바라보았다. 미영은 김 박사의 정신이 안개에 둘러싸여 있는 것 같아 불안했다. 뭔가가 계속 김 박사를 괴롭히고 있었다.

미영은 김 박사와 함께 조 원장의 병원에 도착해 정원에 들어섰다. 전에 본 점박이 환자가 빠르게 다가왔다. 김 박사 옆으로 지나가면서 '조심하시오, 동지.'라고 말하더니 김 박사의 호주머니에 뭔가를 찔러 넣었다. 점박이 환자가 사라지자 김 박사는 쪽지를 꺼내보았다. 미영은 김 박사의 곁으로 다가가 쪽지의 내용을 읽었다.

'조 원장은 미군의 첩자다. 동지, 여기를 찾아가시오. 제주-342.'

여기는 정신병원이 확실했다. 이런 일이 오히려 자연스러웠다. 하지만 미영은 이 모든 것이 하나의 암시로 보였다. 뭔가를 가리키고 있었다. 미영은 팽팽한 긴장감을 느꼈다. 김 박사의 수척해진 얼굴이 눈에 들어오자 미영은 김 박사의 상태가 걱정되었다. 괜찮냐고 묻는 미영의 물음에 김 박사는 고개를 끄덕이면서 웃어주었다. 미영은 원장실에 들어서기 전 입구에서 병원 실장을 만나 물었다.

"실장님, 오늘 오시는 그 친구분의 이름이 뭐라고 했죠?"

"호철. 이호철 씨라고 했습니다, 박사님."

이호철이라는 이름을 듣는 순간 김 박사는 표정이 굳었다. 김 박사가 알고 있는 이름이 분명했다. 느낌이었다. 미영은 '느낌'이란 단어를 떠올렸다. 느낌이란 확실한 증거나 사실은 아니지만 확실한 증거나 사실보다 더 강렬할 때가 있다. 미영은 이호철이라는 이름과 연락처를 노트에 적었다.

"두 분, 어서 오십시오."

조 원장은 두 사람을 반갑게 맞았다. 하지만 조 원장의 그런 태도조차 미영은 신경이 거슬렸다. 이 프로젝트는 하나부터 열까지 조 원장에 의해서 이루어지고 있었다. 조 원장은 무엇을 원하는 것일까. 조 원장의 의도는 미궁이었다. 의자에 앉은 김 박사에게 조 원장이 준비한 차를 내왔다.

"이 차는 술 깨는 데 좋습니다."

"고맙습니다."

차를 마시는 동안 시계는 10시를 가리키고 있었다. 조 원장이 전화를 받더니 밖으로 나갔다. 술 깨는 데 좋다니, 역시 조 원장이 지켜보고 있었다. 조 원장은 김 박사와 미영을 관찰한다기보다는 감시하는 눈길로 보고 있었다. 미영은 좀 더 조심해야겠다고 생각했다.

문이 열리고 조 원장이 60대 중반으로 보이는 한 남자를 데리고 들어왔다.

"이분이 이호철 씨, 김달수 환자의 친구분입니다."

"안녕하세요, 저는 정미영입니다."

"저는 김건우라고 합니다."

김 박사는 엉거주춤한 자세로 일어나 악수하면서 호철을 보았다. 호철은 M자 이마와 얼굴에 주름이 자글거렸지만, 눈동자는 예리하게 빛났다.

"달수가 어서졌댄 말을 들었수다."[1]

"그렇습니다. 김달수 씨를 찾기 위해 여기 두 분을 모셨습니다. 그래서 선생님이 이 두 분께 김달수 씨와 관련된 이야기를 들려주셨으면 합니다."

"마침 제주도에 올 일이 이선 오긴 왔수다마는 무신 말부터 시작허여사 헐지."

"김달수 씨와 같이 생활했던 한라산에서부터 시작하면 어떨까요?"

조 원장이 이야기를 유도하고 호철이 말을 시작했다. 누가 창문을 열어놓았는지 달아놓은 풍경이 울렸다. 미영은 풍경 소리를 들으며 문득 신내림이 생각났다. 어릴 때 보았던 신내림 장면은 잊히지 않는 기억이었다. 떠도는 망자의 혼이 방울을 흔들고, 대나무 가지를 흔들 때면 눈이 똥그래져서 숨을 죽였다. 대나무를 잡고 뭔가 모를 말을 중얼거리는 무당, 그리고 문득 망자의 목소리가 들려오면 모인 사람들이 머리를 조아리고 손을 비볐다. 미영은 무섭기까지 했다. 바람 때문에 풍경 소리가 커졌지만, 호철은 아무렇지도 않은 듯 이야기를 이어갔다.

---

1 달수가 사라졌다는 말을 들었습니다.

"이 나이에 이제 무신 말인들 못 허쿠과. 저는 하르방허고 할락산에서 살았수다. 읍내서 달수를 만나신디 그때 달수는 형이 죽고 충격에 빠젼 이섰수다. 달수는 거의 말이 어섰수다. 달수가 비가 오는 날 할락산 중턱에 이신 우리 집에 찾아와십디다. 비에 맞안 몸이 젖엉 이십디다."[2]

'하르방'이란 말이 미영의 귀에 맺혔다. 김 박사는 꿈에서 할아버지를 보았다고 했다. 미영은 뭔가 머릿속을 지나가는 느낌을 받았다. 이 스치는 느낌은 '하르방'과의 연결 관계였다. 만일 김 박사가 꿈에서 할아버지를 보았다면 그 할아버지는 같은 대상일 가능성이 있었다. 김달수와 이호철의 관계여야 하는데 이상하게 김 박사의 꿈이 호철과 연결되어 있었다.

"그냥저냥 한 달쯤을 지냈수다. 달수도 차차 적응이 되어사신디 하르방허고 말을 허기도 허고 나영 놀러도 댕기고 했수다. 하르방이 달수를 애껴십주. 달수가 하르방 일을 자주 도와드리기도 허고 등도 긁어드리고 안마도 해드려서마씨. 근디 낭중에 들으난 그때 제주도에 소개령인가 허는 것이 내려졌댄 헙디다. 마을에 남앙이시민 몬딱

---

2 이 나이에 이제 무슨 말을 못 하겠습니까. 저는 할아버지와 한라산에서 살았지요. 읍내에서 달수를 만났는데 그때 달수는 형이 죽고 충격에 빠져 있었어요. 달수는 거의 말이 없었어요. 달수는 비가 오는 날, 한라산 중턱에 있는 우리 집을 찾아왔어요. 비에 맞아 몸이 젖어 있었어요.

죽인댄 했주마는 우리덜이 무신 걸 알아시쿠가. 그냥 어른덜이 전쟁
놀이를 허염짼 생각했주마씨. 낭중에 총소리가 들려올 적인 정말 모
수완 오금이 저립디다."[3]

"그때 읍내 사람들이 산에 많이 올라왔나요?"

"경했주마씨. 읍내에서 사름덜이 다 잡아간댄 허난 산으로 올라왔
수다. 그때 토벌대에 이신 경비대원덜이 이녁들 무기영 장비 탄약영
거정 산드레 들어왔댄 허는 소문이 돌아서마씨."[4]

미영은 달수가 중산간마을로 올라간 시기를 생각해보았다.

"그때가 여름이었나요?"

"예, 맞수다. 여름이었수다. 태양도 뜨거웠주마씨. 달수영 나영은
함께 멱을 감기도 허고 지슬을 구웡 먹기도 했수다. 포고령이랜 헌
것이 붙어서마씨. 해안선으로 오 킬로미터 넘은 동네서 보이는 사름

---

3 그렇게 한 달 정도를 지냈어요. 달수도 차츰 적응이 되었는지 할아버지와 말
   을 하기도 하고 저와 놀러도 가고 그랬지요. 할아버지가 달수를 예뻐했어요.
   달수가 할아버지 일을 곧잘 도와드리기도 하고 등도 긁어드리고 안마도 해
   드렸어요. 그런데 나중에 들으니 그때 제주도에 소개령인가 하는 것이 내려
   졌대요. 마을에 남아 있으면 모두 죽인다고 했다지만 저희들이 뭘 알기나 했
   겠어요. 그저 어른들이 전쟁놀이를 한다고 생각했지요. 나중에 총소리가 들
   려올 땐 정말 무서워서 오금이 저려 왔어요.
4 그랬지요. 읍내에서 사람들이 다 잡아간다고 하니까 산으로 올라왔어요. 그
   때 토벌대에 있는 경비 대원들이 자신들의 무기와 장비, 탄약을 가지고 산으
   로 들어왔다는 소문이 돌았어요.

은 몬딱 죽인다는 내용이었수다. 해안마을을 제외허민 할락산 중산
간마을에 사는 사름덜은 몬딱 죽을 판이었주마씨. 경허고 그때엔 제
주섬 밖으로 사름덜이 나갈 수도 어섰수다. 연락도 두절되었고. 몬
딱 두려움에 떨고 이섰주마씨."⁵

미영은 호철의 말을 듣고 그때 상황을 알려주는 정보를 알고 싶었
다. 인터넷에 올라온 기록을 살펴보았다.

초토화 작전에 의해 1948년 10월 말부터 1949년 3월까지
약 5개월 동안, 집중적으로 참혹한 집단 학살이 행해졌다.
4·3 전 기간 사망자 수는 3만 이상으로 추정되고 있는데 반
해, 초토화 작전이 시작되기 전인 1948년 9월 말까지의 사망
자 수는 대략 1,000명 미만으로 알려져 있다. 토벌대는 무장
대와 민중의 연계를 막기 위해 중산간마을 주민들을 해안마
을로 강제 소개(疏開)시키고 100여 곳의 중산간마을에 불을

---

5 네, 맞아요. 여름이었지요. 태양이 뜨거웠어요. 달수와 저는 같이 멱을 감기
도 하고 바다를 내려다보기도 하고 감자를 구워 먹기도 했어요. 포고령이라
는 것이 붙었어요. 해안선으로부터 오 킬로미터 이상 지역에서 보이는 사람
은 모조리 죽인다는 내용이었어요. 해안마을을 제외하면 한라산 중산간마
을에 사는 사람들은 모두 죽을 판이었어요. 그리고 그때는 제주도 바깥으로
사람들이 나갈 수도 없었어요. 연락도 두절되었고요. 모두 두려움에 떨고 있
었어요.

질렀다. 소개령이 내려졌는데도 병자, 노인, 어린이 등을 포함한 일부 주민들은 마을을 떠나지 않고 그대로 남아 있는 경우도 허다했다. 그러나 이유 여하를 막론하고 이들에 대한 무차별 학살은 자행되었으며 소개령을 전달하지도 않고 방화와 학살이 이루어진 곳도 많았다. 태워 없애고, 굶겨 없애고, 죽여 없앤다는 이른바 '삼진정책(三盡政策)'은 제주도를 온통 피로 물들게 하였다.

그러니까 달수는 이 시기를 피해 호철이 있는 산에 올라갔고 1949년 가을까지 같이 있었던 것으로 추측해볼 수 있었다.

"그때여실 거우다. 난이가 죽은 것이."[6]

"난이라면?"

"옆 마을에 살던 우리영 같은 또래 아이였수다. 그 아이가 달수를 잘 따라서마씨. 그 지집아이가 참 착했주마씨. 달수가 먹을 걸 거져다주랜 허민 주고.[7] 그런데 그 난이가 총에 맞아 죽었다마씨."

미영은 호철이 왜 난이라는 아이의 이야기를 꺼내는지 의도를 파악할 수 없었다. 난이라는 아이가 여기에서 왜 나오는 것일까. 달수와 호철을 연결해주는 존재가 난이였다. 미영은 난이가 달수와 같은

---

6 그때였을 거예요. 난이가 죽은 것이.
7 달수가 먹을 것을 가져다주라면 주고.

또래였는데 달수를 잘 따랐다는 말이 걸렸다. 또래면 같이 어울리면 되는데 '잘 따랐다'고 말하고 있었다. 미영이 혹시나 하는 생각에 질문을 던졌다.

"그 여자아이가 지능이 좀 떨어지지는 않았나요?"

"걸 어떵 알았수과? 마을에서도 팔푼이랜 허영 누개도 상대를 안 허였주마씨. 경헌디 달수가 잘해주난 달수에게 착 달라붙은 거라마씨."[8]

"좀 더 자세히 말씀해주세요."

"군인덜이 들이닥쳤수다. 난이는 분시가 어서노난 누개가 지펜인지 알지 못했주마씨. 산드레 도망가야 허는디 산으론 가지 안 허고 군인덜이신디레 달려갑디다. 군인덜은 이녁덜 공격허레 온 줄 알아실 거우다. 난이가 꽃을 들고 달려가단 총에 맞앙 쓰러지는 걸 나 눈으로 봤주마씨. 난이를 말리젠 가던 우리 하르방도 그때 총 맞안 돌아갔수다."[9]

---

8 어떻게 그걸 아셨어요? 마을에서도 팔푼이라고 해서 누가 상대도 안 했거든요. 그런데 달수가 잘해주자 달수에게 착 달라붙은 거죠.

9 군인들이 들이닥쳤어요. 난이는 인지 능력이 부족해서 누가 우리 편인지 알지 못했어요. 산으로 도망가야 하는데 산으로 가지 않고 군인들 쪽으로 달려갔어요. 군인들은 자신들을 공격하러 온 줄 알았겠지요. 난이가 꽃을 들고 달려가다가 총에 맞아 쓰러지는 것을 지켜봤어요. 난이를 말리러 가던 우리 할아버지도 그때 총을 맞고 돌아가셨어요.

"두 분은 그것을 지켜보셨고요?"

"맞수다. 우린 모수완 울기만 했수다. 지금도 난이야, 난이야, 허멍 가지 말랜 손짓허던 하르방 모습이 눈에 선허우다."[10]

순간 정적이 흘렀다. 다시 풍경 소리가 들려오기 시작했다. 달수와 난이를 지켜보는 눈이 있었고 그 눈은 호철이었을 것이라고 미영은 생각했다.

"그럼 달수 씨와 호철 씨는 어떻게 했나요?"

"우린 울단 달아났수다. 너미 모수와서마씨. 군인덜이 저흴 쫓아 왐댄 생각했주마씨. 경헌디 달수가 겁쟁이었수다. 나한티 매달령 징징거리멍 울었주마씨."[11]

그러면서 슬쩍 호철이 김 박사를 쳐다보는 것을 미영은 놓치지 않았다. 분명 김 박사와 호철은 관계가 없는데 호철은 달수 이야기를 하면서 김 박사를 계속 의식하고 있었다. 김 박사는 뭔가에 충격을 받은 듯 눈을 감고 있었다. 그 모습을 보던 조 원장은 창문을 활짝 열었다. 풍경 소리가 방 안에 가득해졌다. 미영은 방울 소리와 함께 어떤 계시와 같은 말들이 방에 가득 찬다는 생각이 들었다. 미영은

---

10 그래요. 우리는 무서워서 울기만 했어요. 지금도 난이야, 난이야, 가지 말라고 손짓하던 할아버지 모습이 눈에 선해요.

11 저희는 울다가 달아났어요. 너무 무서웠어요. 군인들이 저희들을 쫓아온다고 생각했거든요. 달수는 겁쟁이였어요, 나한테 매달려 징징거리며 울었거든요.

흔들리는 대나무가 혼을 불러오는 강력한 매개체였다는 것을 기억했다. 여기에서는 매개체가 무엇일까. 그것은 김달수가 남긴 노트였다. 미영이 돌아보자 노트를 쥐고 있던 김 박사의 손이 떨리기 시작하더니 몸을 부르르 떨었다. 갑자기 김 박사가 자리에서 벌떡 일어나 소리쳤다.

"거짓말 마. 난이는 호철이 네가 목 졸라 죽였잖아!"

말을 마치고 김 박사는 그대로 정신을 잃고 쓰러졌다. 그 모습을 바라보고 있던 모두는 말을 잃어버렸다.

"김 박사님!"

미영은 급히 진정제를 투여했다. 김 박사는 일시적인 혼수상태에 빠진 것 같았다. 미영은 조 원장과 함께 김 박사를 침대에 눕히고 창문을 닫았다. 미영은 생각했다. 조 원장이 김 박사에게 강력한 정신적 충격을 가했던 것이라고. 그래서 김 박사 안에 존재했던 다른 인격이 깨어난 것이다. 그 인격은 김달수였다. 미영은 왜 달수를 탈출한 환자라고 했는지 이해했다. 조 원장은 김 박사 속에 있는 김달수를 깨운 것이다. 연분이 말했던 박건우와 달수를 떠올렸다. 두 사람이면서 한 사람. 그렇다면 박건우는 달수였다. 미영은 다시 생각을 정리했다. 박건우가 무슨 이유에선지 김 박사의 인격이 되어 새로운 세계를 만들었다. 그런데 박건우의 무의식 속에는 달수가 살고 있었다. 어떻게 이런 일이 가능할까. 박건우가 김 박사였고 김달수였다. 미영은 정신을 잃고 쓰러진 김 박사의 얼굴을 들여다보았다. 무슨 비밀을 담고 있는지 그 얼굴은 왠지 안쓰럽기조차 했다. 조 원장은 약물과 신내림 충격을 통해 김 박사가 예전의 인격을 찾을 수 있는지 실험한 것이다. 실험은 성공이었다. 김달수의 목소리를 꺼낼 수 있다는 것은 박건우의 목소리 또한 불러낼 수 있다는 의미였다. 문득 호철이 궁금해서 돌아보았지만, 호철은 어디론가 사라지고 없었다. 대신 조 원장이 김 박사의 상태를 지켜보고 있었다. 미영은 조 원장의 입꼬리가 비릿하게 올라가는 것을 보았다.

제2부

섬드레

연분 카페

미영은 조 원장이 건넨 파일 속 남자를 들여다보았다. 미영은 박건우라고 써넣고 이름에 점을 찍었다. 제이슨 김에게 부탁해 박건우의 자료를 받아보았다. 박건우 씨는 북에서 부모를 잃고 혼자 남하했다. 가족에 대한 기록은 나와 있지 않았다. 서울에서 고향 선배를 만나 서청에 들어갔다. 그가 고향 선배 뒤를 따라다니며 궂은일을 처리했다. 그리고 선배를 따라 제주도까지 들어오게 된 것 같았다. 제주도에서 연분이란 여자와 결혼했다. 전쟁이 끝난 후에도 그는 서울로 돌아가지 않고 제주에 남아 있었다. 그리고 죽은 줄 알았던 박건우는 정신병원에서 발견되었다. 그를 정신병원으로 데려온 것은 조 원장이었다.

미영은 연분과의 통화 내용을 떠올렸다. 연분이 달수에 관해 거짓말을 한 것이다. 미영은 손으로 볼펜을 비볐다. 호철의 등장과 김 박사의 돌발적인 변화는 의외의 사건이었지만 이번 일은 숨겨진 비밀에 다가서는 기회였다. 미영은 조 원장이 김 박사의 기억을 예전으로 되돌려놓으려고 했다는 것이 흥미로웠다. 왜 그래야만 하는 것일까. 이유가 있을 것이다. 그 이유를 알기 위해서는 다른 길이 필요했다. 지금으로서는 연분이 실마리였다. 미영은 비행기를 예약하고 조용히 숙소를 빠져나왔다.

미영은 김해공항에서 렌터카를 타고 부산 연화리로 차를 몰았다. 연분이 운영한다는 '연분 카페'는 아직 문을 열지 않았다. 전화를 넣기보다 근처를 돌아보고 싶었다. 상인들이 그물을 쳐놓고 그 위에 잡아 온 물고기를 말리고 있었다. 속을 다 드러내고 하늘을 바라보는 고기들이 마치 4·3 때 죽은 제주 시민들의 모습을 보는 것 같았다. 강박관념도 중증이라면 중증이었다. 그 오랜 시간 제주의 사람들에게 악몽같이 주어진 두려움과 슬픔을 생각하니 가슴이 저려왔다. 현기영 소설『순이 삼촌』으로 제주 4·3의 실상이 세상에 알려지기 시작했을 때만 해도 미영은 제주에서 일어난 4·3에 대해서 거의 알지 못했다. 이후로 많은 이들이 제주의 아픔을 이야기했지만, 여전히 제주는 아픔을 끌어안고 살아가고 있었다. 국가로부터 당한 폭력, 아무 죄도 없이 빨갱이로 몰려 죽임을 당해야 했던 기억들이 그들의 삶을 짓눌렀을 것이다. 그 아픔이 지금까지 가슴 한쪽에 뿌리내리고 있는 것만 같았다.

연화리의 바다는 고요하게 출렁거렸다. 고요는 슬픔을 감추고 있는가. 김 박사가 말한 '순수와 비애'는 제주를 말한 것이란 생각이 들었다. 미영은 좀 더 바다 가까이로 내려가 보았다. 바닷가 횟집 바로 옆까지 물이 들어와 찰랑거렸다. 횟집은 수심이 얕은 바닷가 위로 지어져 있어 포장을 걷으면 바로 바다였다. 넘실거리는 그 물이 제주에서부터 자신을 따라온 것만 같아 미영은 손을 내밀어 바닷물을 가만히 쓸어주었다.

돌아오는 길에 미영은 연분이 했던 말 중에 '섬에 갇혔다'는 의미를 생각했다. 섬에 무엇이, 누가, 어떻게 갇힌 것일까. 섬은 무엇을 가두는 공간인가, 아니면 풀어주는 공간인가. 양면성이었다. 모든 것을 가두기도 하고 풀어주기도 하는 그것은 인간의 의식 속에 있는 기억과 망각의 양면이기도 했다. 기억 또한 과거의 일을 굳어진 형태로 가둬버리기도 하지만 망각을 통해 기억을 풀어주기도 했다. 망각의 길. 그래서 기억은 망각으로 가는 길을 열어놓은 것인가.

'연분 카페'의 문이 열리고, 창문을 가리고 있던 블라인드가 올라갔다. 미영은 카페로 걸음을 옮겼다. 풍경 소리가 울렸다. 카페는 진갈색 원목 탁자와 의자가 바다를 바라보고 있었다.

연분은 연한 황토색 물을 들인 개량한복 원피스를 입고 하얀 머리를 빗어 올려 쪽머리를 하고 있었다. 연분의 얼굴은 붉은빛을 띠지는 않았지만 맑았다.

"제가 전화를 드렸던 정미영이라고 합니다."

"이 아침에 찾아오신 것을 보고 짐작은 했습니다."

미영은 좀 더 이 푸근한 분위기에 빠져 있고 싶었으나 주어진 시간이 그리 많지 않았다. 미영은 박건우에 관해 질문할 것이 있다고 말했다. 연분은 고개를 끄덕이며 따로 마련되어 있는 방으로 미영을 안내하고 커피를 내왔다. 커피 향이 오래된 일기장에서 발견된 추억처럼 은은하게 다가왔다. 크림색 바탕에 백목련이 그려져 있는 접시 한쪽에는 방금 구운 빵이 담겨 있었다. 찻잔에는 목련의 꽃망울이 피어나고 있었다. 연분은 차분하게 미영의 맞은편 자리에 앉았다.

"제가 왜 여기에 왔는지 아시리라 생각합니다."

연분은 가만히 미영을 바라보다가 고개를 끄덕였다.

"그래요. 다 말씀드리겠어요. 지금이 아니면 이런 이야기를 할 수 있는 기회가 없을지도 모르니까요.

미영은 연분이 그동안 많이 외로웠겠다는 생각이 들었다. 누구에게도 하지 못한 말을 가슴속에 안고 살아온 것이다. 미영은 질문을 시작했다.

"김달수 씨가 왔다고 하셨는데 그분은 부군이신 박건우 씨였어요. 왜 박건우 씨를 김달수 씨라고 하신 거죠?"

"그건 그분이 김달수 씨의 인격으로 왔으니까요. 겉은 박건우였지만 속은 김달수였어요. 그걸 말하자면 '달수의 눈'에 얽힌 이야기를 시작해야 해요."

달수의 눈

연분은 서청부터 이야기를 시작했다. 서청은 포로였던 김길수를 석방하고 나서 길수가 자신의 조직에 보낸 메시지를 가로챘다. 내부에 있는 첩자가 정보를 빼내 남로당 조직 일부를 와해시켜버렸다. 그들은 연분이 보낸 것처럼 꾸민 편지를 길수에게 보내서 선착장으로 나오게 했다. 결혼을 미끼로 김길수를 풀어준 것이 아니라 남로당 조직을 와해시키려는 계획이었다. 이 사실을 모르는 김길수가 그곳에 나가 서청 대원들에게 죽임을 당했다.

연분은 속 깊은 곳에서 뭔가 뜨거운 것이 올라오는 듯 창문으로 시선을 돌렸다. 가슴에 박힌 상처는 시간이 지나도 못으로 남아 있었다.

"그럼, 거기에 박건우 씨도 있었나요?"

연분은 숨을 길게 내쉬더니 고개를 끄덕였다.

"그날 저를 찾아온 길수 씨는 서청 대원들의 몽둥이에 두들겨 맞았어요. 당시 서청의 조직 중 하나를 이끌던 조의도는 의심이 많은 사람이에요. 평소 견제를 하던 건우 씨에게 길수 씨를 죽이라고 명령했어요. 길수 씨는 남로당 조직원이었기 때문에 살려둘 수가 없었던 거죠. 건우 씨가 조의도의 명령을 거부한다면 조의도의 적으로 몰릴 수 있는 상황이었어요. 선택해야만 했어요. 비가 내리고 있었나 봐요. 건우 씨가 칼로 길수 씨를 찔렀을 때 번개가 친 거죠. 그때 달수의 눈과 건우 씨의 눈이 마주쳤다고 했어요. 길수 씨를 찌른 칼에서 빗물과 핏물이 섞여 흐르고 길수 씨의 몸이 바닥에 쓰러졌다고 했어요. 달수는 사라졌고요."

"그것이 두 번째 눈이군요."

"맞아요. 달수는 형의 죽음을 목격하고 사라진 거죠. 달수의 두 번째 눈이 건우 씨의 가슴에 박혔어요."

미영은 눈을 감았다. 길수의 죽음. 그것은 또 다른 상처였다. 어린 달수가 감당해야 했을 충격과 아픔이 전해져왔다. 미영은 가슴이 먹먹해져왔다. 달수의 눈을 본 박건우의 마음이 어땠을까. 죄책감이 들었을까. 길수의 여자를 뺏고 자신의 손으로 길수를 죽인 박건우가 지금의 김 박사라니 믿기지 않았다. 복받쳐오는 눈물을 참아내느라 연분은 목소리가 잠겨 있었다.

"그때 서북청년단에서 활동한 '조의도'라는 사람은 남편의 고향 선배이기도 했어요. 그가 서청 패거리를 끌고 다니면서 벌인 일이었어요."

"조의도?"

"네, 조 원장의 아버지죠."

순간 미영은 자신의 귀를 의심했다. 조 원장의 아버지라니. 김 박사와 관련된 이 실험은 조의도와 연결되어 있었다. 조 원장의 아버지 조의도. 미영은 이제야 조금씩 조 원장의 숨겨진 의도가 보이는 것 같았다. 놀라고 있는 미영을 보고 연분은 이야기를 이어갔다.

"집으로 조 원장이 찾아왔어요. 조 원장은 아버지 조의도의 죄를 자신이 갚고 싶다고 말하면서 무릎을 꿇고 울었어요. 그 죄를 대신 갚기 위해서라도 건우 씨를 다시 정상으로 돌아오게 하고 싶다고 저의 협조를 부탁했어요. 처음엔 믿지 않았지만, 계속해서 찾아와 자신이 하는 말을 믿어달라고 했지요. 조 원장은 아무런 대가를 받지 않고 박건우를 치료하고 싶다고 했어요. 지난날을 뉘우치고 있으니 제발 용서해달라고요."

조의도의 뭔가가 조 원장을 움직이게 했을 것이다. 미영은 연분의 말을 들으면서 생각을 정리하고 있었다. 조의도의 아들이 조 원장이라면 그는 왜 박건우를 계속 붙들어두고 있는 것일까. 정상으로 돌아오게 하고 싶다고 하지만 미영의 생각으로는 정상으로 돌아오는 것이 박건우에게는 더 고통을 주는 일이었다. 미영은 조 원장의 행동이 죄를 뉘우치는 것이라고 볼 수 없었다.

"그때 저는 남편을 돌보는 데 한계점에 다다르고 있었어요. 남편

안에 들어 있는 두 사람으로부터 도망치고 싶었으니까요."

"두 사람이라면?"

"남편 안에는 김달수가 같이 살고 있어요."

박건우 안에 김달수가 같이 살고 있다면 그럴 만한 이유가 있어야 했다. 그 이유를 밝혀나가면 사건의 실체를 파악할 수 있을 것 같았다.

"혹시 조 원장이 뭔가를 찾거나 물어보지는 않았나요?"

"남편의 소지품을 보고 싶다고 했어요. 하지만 저는 건우 씨가 가지고 있는 게 하나도 없다고 말했어요. 건우 씨가 정신이 온전치 않으니 찾을 방법이 없다고 말했죠."

"혹시 구체적으로 무엇인지 물어보지는 않았나요?"

"사진이었어요. 남편이 가지고 있는 사진들의 행방을 물어봤어요."

조 원장이 찾고자 하는 사진. 무슨 사진이었길래 박건우 씨를 찾아 자신의 정신병원에 입원시킬 만큼 중요했을까. 조 원장이 찾는 것이 사진이라면 박건우가 어딘가 숨겼다는 말이 된다. 그래서 박건우의 정신을 정상으로 돌려 사진을 찾으려는 의도일 것이다. 그렇다고 하더라도 박건우가 순순히 사진 있는 곳을 알려줄 리가 없었다. 조 원장은 무슨 생각을 하는 것일까. 미영은 그 사진이 조의도와 연관이 있을 거란 생각이 들었다. 조의도와 박건우는 같이 서청에서 일했다. 그렇다면 조의도가 저지른 일을 찍은 사진을 박건우가 몰래 감추고 있지 않았을까. 일단 미영은 박건우 안에 있는 두 명의 인격에 얽힌 이야기를 듣고 싶었다. 생각에 빠져 있는 미영을 연분이 보고 있었다.

"죄송합니다. 너무 충격적인 사실들이 많아서요."

"이해합니다. 그러실 거예요. 저는 지옥보다 더한 제주를 떠나고 싶었지만 우리는 제주를 떠날 수 없었어요. 알 수는 없었지만, 무엇인가 우리를 붙잡고 있었어요. 어느 날은 제가 건우 씨의 서류를 정리하면서 일기장을 봤어요. 남편은 제주에서의 일을 기록하고 있었어요. 그 일기장에는 '남들에게 잘하고 정직하게 살아라'는 말이 적혀 있었어요. 나중에 알게 되었지만 돌아가신 건우 씨의 아버지께서 하신 말씀이었어요. 남편은 자신이 한 일 때문에 괴로워하고 있었어요. 무고한 이들을 죽이고 있다. 여기에서 벗어나고 싶다. 하지만 이미 늦었다. 이젠 나도 나를 어떻게 할 수 없다. 부모님이 보고 싶다는 내용이었어요. 거기에 길수 씨와 달수에 관한 내용도 있었어요. 길수 씨의 죽음을 알고 나는 밤새 울다가 목을 매달았어요."

"……."

"남편은 목을 맨 나를 살려놓고 울었어요. 자신이 잘못했다고 용서해달라고 울면서 빌었어요. 자신도 어쩔 수 없었다고. 제발 자신을 용서해달라고 빌었어요. 저는 그때 죽었어야 했어요. 그러나 얼마 후 제 몸에 아기가 들어선 것을 알았어요."

사실 연분이 과거의 그 일을 끄집어낸다는 것은 쉬운 일이 아니었다. 미영은 그녀의 아픔을 되짚어보며 지금에 이르기까지 얼마나 아픈 시간이 지나갔을지 가늠하는 것조차 힘들었다. 상처가 많아 바다는 저렇게 퍼런가. 미영은 눈을 감았다. 연분은 울음소리도 없이 눈물을 흘리고 있었다. 미영은 자신이 무슨 자격으로 이 여인에게 이런 질문을 하는지, 그럴 자격이 되는지 되물었다. 하지만 여기까지 와버린 것이다. 미영은 연분의 마음이 안정되기를 기다렸다. 연분은 두 남자 사이에서 울고 있었다. 결혼을 약속한 길수와 그 길수를 죽인 건우. 그리고 원수의 아기. 잔혹한 운명의 장난이었다. 죽어야 했지만 죽지 못하는 운명이었다.

"남편은 꿈속에서 달수의 눈이 보인다고 했어요. 달수의 눈이 자신을 보고 있다고, 얼음칼이 되어 가슴을 후벼 파고 있다고. 잠을 자지 못했어요. 날마다 먹지도 자지도 못했으니까. 어느 날, 남편은 뭔가를 모으기 시작했어요. 그리고는 조의도에게 복수하겠다고 했어요. 남편은 방법을 찾았어요. 서울로 가는 믿을 만한 사람을 시켜 조의도에게 사진과 함께 편지를 보낼 계획을 세웠어요. 이름을 밝히지 않고 '네가 제주에서 한 일을 세상에 밝히겠다'고 협박을 하기로 한 거죠. 아까 말씀드린 사진은 조의도와 서청의 만행이 담긴 사진이었어요."

"그게 먹혔나요?"

"그건 알 수 없어요. 하지만 어떻게든 조의도를 괴롭혔겠죠. 알지 못하는 누군가가 자신을 죽이겠다고 하니 마음 놓고 잠을 잘 수는 없었겠죠. 저도 그 사람이 복수하는 것을 도왔어요. 그렇게라도 하지 않으면 달수의 눈을 떨쳐낼 수도, 잠을 잘 수도 없었어요. 그 일을 하면서 우리는 살면서 처음으로 살아 있다는 감정을 느꼈어요."

미영은 그렇게라도 복수를 해야만 했던 박건우의 마음이 이해되기도 했다. 하지만 위험한 일이기도 했다. 잘못하다가는 꼬리를 잡혀 결국 조의도에게 죽임을 당할 수도 있는 일이었다. 그러나 미영은 그렇게라도 하지 않으면 살 수가 없었을 박건우의 마음, 그 죄책감과 미안함과 어찌할 수 없었을 무력감을 이해하고 싶었다. 뭐라도 하지 않으면 살 수 없는 때가 있었다. 그것이 가장 바보스럽고 멍청해 보이는 일이라도.

빵이 담긴 접시를 연분의 가느다란 손이 미영 앞으로 밀었다. 미영은 무의식적으로 빵을 입에 넣었다. 빵은 노릇하고 부드러웠으나 미영은 맛을 느낄 수 없었다. 아픔이었다. 마치 연분의 아픔이 미영에게 전해져 감각이 마비된 것 같았다.

사건의 실마리가 조금씩 풀리고 있었다. 양심의 가책을 느낀 박건우는 연분과 달수의 일을 계기로 마음이 돌아선 것이다. 연분은 이야기를 이어갔다.

"서청에서 어느 정도 자리를 잡게 되자 건우 씨는 믿을 만한 후배들로 조직을 만들었어요. 혼자서 조의도를 당해낼 수 없다는 것을 알았기 때문이죠. 어느 날 조직원으로 보이는 남자가 건우 씨한테 소식을 전해 왔어요. 달수가 감옥에 잡혀 들어왔다는 내용이었어요.

건우 씨는 달수를 구해내 용서를 빌고 싶다고 했어요. 그리고 나보고는 살아 돌아올 생각이 없으니 자기 같은 건 잊어버리고 좋은 사람 만나 살라고 했죠. 그 사람은 그동안 모은 돈을 모두 저한테 맡겼어요. 하지만 저는 그 돈을 받을 수 없었어요. 그 돈으로 달수를 살리라고 했어요. 길수 씨가 죽었으니 달수마저 죽으면 제가 어떻게 그들 앞에서 얼굴을 들겠냐고 했어요. 남편은 나를 보더니, 달수를 반드시 살려서 나와 같이 살게 해주겠다고 했어요. 이것이 '두 번째 눈'에 얽힌 이야기예요."

말하는 연분의 고통이 긴 시간 동안 이어지고 있었다. 미영은 이야기를 더 들어야 할지 망설였다. 이야기를 하는 것은 깊은 상처로 자리한 고통을 끄집어내는 일이기도 했지만, 과거의 고통과 화해를 하는 일이기도 했다. 연분이 미영의 무엇을 믿고 과거의 이야기를 들려주는지 몰랐지만, 미영은 그것이 교감이라고 생각했다. 연분은 이야기를 끊었다가 이어가기를 반복했다. 마치 고통이 뜨거워지면 식혔다가 다시 가열하는 것 같았다. 가슴속에 묻어두었던 말, 누구에게도 하지 못한 말을 연분은 미영에게 하고 있었다.

세 번째 눈

연분이 말하는 '세 번째의 눈'은 박건우가 김달수의 인격을 가지게 된 일과 관련이 있었다. 달수가 감옥에 잡혀 들어갔으니 달수를 떠나서는 이야기가 이루어질 수 없었다.

"세 번째 눈은 제주도 감옥에서의 일이겠군요."

"네. 이미 알고 있겠지만 그 당시 제주의 감옥은 말 그대로 지옥이었어요. 잡혀 온 사람들이 날마다 죽어나갔으니까요. 거기에 달수가 잡혀 들어와 있었어요. 달수의 형이 인민위원회 활동을 했던 길수였으니까 달수는 그들에게 먹잇감이었죠."

"어떻게 감옥에서의 일을 잘 알고 계시죠?"

"그때 저도 건우 씨와 함께 감옥에 들어간 적이 있어요. 저도 달수를 구하고 싶었죠. 허드렛일을 도와준다는 명목으로 감옥에 들어가서 일할 기회가 있었죠. 제 신분 보증은 건우 씨가 해줬어요. 저 또

한 살아서 돌아올 마음이 없었어요."

미영은 살아서 돌아올 마음이 없었다는 연분의 말을 들으면서 다시 마음이 아팠다. 길수를 죽게 한 건우, 그런 건우를 도와 길수의 동생을 살리려던 연분. 그들의 마음을 무엇이라고 설명하기가 어려웠다.

"그래서 달수를 만나셨나요?"

"멀리서 보기만 했어요. 거기에는 호철이도 있었어요."

"아, 서울에 있다던 달수의 친구분 말이군요."

"서울요? 호철이는 제주를 떠나본 적이 없는 사람이에요."

"그럴 리가요? 서울에서 온다고 했는데요."

"제가 알기론 호철이는 제주도를 떠날 사람이 아니에요. 호철이는 조의도에게 정보를 물어다 주는 프락치였어요. 평생 제주도와 조의도를 떠나지 않겠다는 맹세를 했다고 건우 씨한테 들었어요. 호철이는 이미 조의도의 개가 되어 있다고 했어요."

"제주를 떠나서는 안 된다니, 그런 약속이 어디 있어요?"

"모든 죄를 덮고 살려준다는 조건으로 약속을 한 거예요. 살려줄 테니 내 말을 들어라. 하지만 제주를 떠나서는 안 된다. 죽을 때까지 제주에서 조의도의 충실한 개가 되어야 한다고 맹세하게 한 거죠."

미영은 연분의 말을 듣고 호철에게 연민이 일었다. 평생 벗어날 수 없는 굴레. 그것도 목숨을 담보로 잡힌 굴레였다. 그 굴레가 조의도의 개, 프락치가 되어 친구인 달수를 팔아야 하는 일이었다. 살기 위해 해야 하는 일들이 친구를 죽이는 일이었다면 그보다 더한 고통은 없을 것이다. 미영은 조 원장의 정신병원에 나타났던 호철을 떠올리면서 김 박사에게 일어난 일이 조 원장과 호철이 짜고 한 일이라는 것을 알았다.

"조의도는 철두철미한 사람이군요. 그런데 그런 협박이 정말 먹혔나요?"

"그래요. 호철이는 조의도한테 뭔지는 몰라도 결정적인 약점을 잡혔다고 들었어요. 누군가의 죽음과 관련된 것처럼 보였어요."

누군가의 죽음이라면 난이를 말할 것이다. 미영은 김 박사가 "거짓말 마. 난이는 호철이 네가 목 졸라 죽였잖아!"라고 말했던 장면이 떠올랐다. 호철이 난이의 죽음과 관련됐을 가능성이 있었다.

"그때 조의도는 협박 편지를 받고 있었을 거예요. 저희가 계획하고 보낸 사람으로부터 협박 편지를 보냈다는 전갈을 받았으니까요. 보낸 곳이 서울로 되어 있어서 우리가 협박 편지를 보내는 거라고는 의심하지 못했을 거예요. 하지만 사진이 제주에서 찍힌 사진이니 어느 정도 의심은 하고 있었겠죠. 그 당시에 감옥에 있는 죄수들은 모두 진술서를 썼어요. 자신이 했던 일, 안 했던 일까지 써야 했죠. 잠도 재우지 않고 진술서를 받고 또 받았어요. 건우 씨는 달수가 쓴 진술서를 읽고 또 읽었어요. 그리고 집에 돌아와서 그 내용을 하나도 빠짐없이 정리했어요."

미영은 비로소 박건우가 달수의 인격을 소유하게 된 이유를 알게 되었다. 진술서. 그 진술서를 박건우는 읽고 달수의 마음과 교감했을 것이다. 교감을 넘어 동화되는 지점에 이르지 않았을까. 길수를 죽인 죄책감에서라도 건우는 달수를 동생처럼 생각했을 것이다.

"달수를 빼낼 방법은 찾았나요?"

"처음에는 쉽지 않았어요. 달수의 형 길수 씨가 인민위원회에 가입되어 있어서 서청에 낙인이 찍혀 있었거든요. 불온하고 위험한 빨갱이라는 낙인이었어요."

미영은 우리 현대사에 찍힌 '레드 콤플렉스'에 대해 읽은 기억이 났다. 한번 공산주의자로 낙인이 찍히면 평생 온전한 사람으로 살아갈 수 없었다. 권력자들은 이것을 이용해 정권을 잡고 정권을 유지하고 정권을 연장해왔다고 해도 과언이 아니었다. 정권을 위해 철저히 선택과 배제를 한 것이다. 국민은 정권에 이용당하는 하수인이었지 정권 위에 있는 그 어떤 것도 아니었다. 선택의 권리가 사라져버린 대한민국이라는 사회. 미영은 어떤 주의를 선택할 권리가 사라진 땅, 그 땅이 제주였다는 생각이 들었다. 정권은 '레드 콤플렉스'로 모든 이슈를 덮어버린 것이다. 공산주의의 위협에 대해 과장되고 왜곡된 공포심과 그 공포심을 근거로 한 무자비한 인권 탄압이 정당화되고 용인되는 사회를 만들어버린 것이다. '빨갱이'라고 낙인이 찍히는 순간 사회적으로 매장당하는 것이나 다름이 없었다. 정권의 이러한 적색공포증은 효과를 발휘했다. 친일도 반역 행위도 그들에게는 죄가 될 것이 없었다. '빨갱이'라는 말로 모든 것을 덮어버린 것이다. 낙인은 무서운 저주와 같았다. 미영은 '낙인'이라는 단어를 두 줄로 그어 없애버리고 싶었다.

연분은 말을 계속했다.

"달수는 어릴 때부터 자신에게 일어난 모든 것을 진술서에 썼고 건우 씨는 가져와 읽었어요. 아마 그때 달수의 기억이 건우 씨의 뇌리에 박혔을 거예요."

"네, 그랬군요. 달수 씨는 빼냈나요?"

"우리는 돈을 주고 감옥의 간수를 포섭했어요. 그 당시 간수는 남편과 안면이 있는 사람이었어요. 포로 한 명 정도야 그냥 죽었다고 하면 그만이었어요. 그 사실을 남편도 알고 있었어요. 간수에게 돈을 건네고 조의도 몰래 빼낼 계획을 세웠으니까요."

"그런 계획을 세웠군요."

"네. 그런데 남편이 계획을 세우고 달수 씨를 빼내려고 할 때 6·25전쟁이 일어났어요. 상부에서 포로들을 모두 사살하라는 명령이 떨어졌다고 했어요. 건우 씨가 땀을 흘리며 감옥에 도착했을 때는 총을 든 군인들이 포로들 앞에 서 있었어요. 달수와 함께 잡혀 들어온 사람들이 사상범이라는 죄목으로 감옥의 외벽 앞에 서 있었어요. 그들은 모두 머리에 검은 망이 씌워져 있었어요. 사격하는 군인들을 보지 못하게 눈을 가린 거죠. '사격!' 소리와 함께 총소리가 난 뒤 비명이 들려왔다고 했어요. 군인들이 제자리로 돌아가고 난 뒤에도 건우 씨는 한 발자국도 움직이지 못하고 그 자리에 서 있었다고 했어요. 정신을 차린 건우 씨가 달수에게 다가가 검은 망을 벗겼을 때, 감지 못한 달수의 두 눈이 남편의 눈과 마주쳤어요. 달수의 눈이…… 감지 못한 그 눈이 건우 씨의 눈과 마주친 거죠."

연분은 한동안 말을 잇지 못했다. 미영은 한숨을 내쉬었다. 용서받고 싶었을 것이다. 그러나 용서받을 기회가 사라져버린 것이다. 그때 건우는 어떤 심정이었을까. 미영은 그 허망함과 절망이 드리운 아득함을 정의할 수 없었다.

"그 눈이 뇌리에 박혀버렸어요. 그 순간은 끔찍한 고요가 엄습한 시간이었을 거예요. 칼로 찌르듯 그 눈이 건우 씨의 심장을 찔렀을 거예요. 희망이 절망으로 바뀌는 순간 같은, 그런 아득함이라고나 할까요. 가슴에서 시뻘건 피가 콸콸 쏟아져 세상을 덮어버렸다고 했으니까요."

미영은 그 상황을 상상하는 것만으로도 힘들었다. 건우의 눈을 바라보는 달수의 눈. 그 눈의 차가움, 그 눈의 비정함, 그 눈의 절망과 비애가 고스란히 전해오는 것 같았다. 순간이 모든 것을 좌우할 때가 있다고 했던가. 그 순간 박건우는 이성을 상실했을 것이다. 달수의 죽음 앞에서 아무것도 할 수 없었던 사내의 무릎 꿇음에는 절망과 죄책감보다 깊은 그 이상의 비애가 담겨 있는 것 같았다. 이성의 한계를 넘어버린 슬픔, 그래서 정신 분열 상태로 넘어간 것이다. 박건우가 달수의 인격을 가지게 된 의문이 풀린 것이다.

"남편은 달수의 '세 번째 눈'에 정신을 놓아버린 것 같았어요. 감당하기 힘들었을 거예요. 달수의 죽음은 건우 씨의 죽음이기도 했어요. 달수를 살리는 일이 유일한 희망이었는데 그 희망을 놓쳐버린 거지요."

말을 마친 후 연분은 눈을 돌려 창밖을 바라보았다. 마지막까지 달수를 구하지 못한 것을 자책이라도 하는 듯 연분의 눈은 젖어 있었다. 멀리 갈매기들이 눈물 같은 바다를 맴돌고 있었다. 항구에는 지나가는 사람들의 모습이 보였고 몇몇은 카페를 기웃거리다가 'CLOSE' 안내문을 보고 발길을 돌렸다. 세상은 과거와는 아무런 관련이 없는 것처럼 돌아가고 있었다. 미영은 연분의 얼굴을 바라다보았다. 건우와 달수의 눈에 얽힌 기억이 지금도 연분의 삶을 지배하고 있었다.

"그 후로 남편은 이상한 행동을 하기 시작했어요. 나보고 형을 살려내라고 했다가 다시 미안하다고 했다가 다 내 탓이라고 했다가 용서해달라고 했다가 무릎을 꿇고 나를 붙잡고 울었어요. 날이 갈수록 증상은 심해져갔어요. 그렇다고 정신병원을 찾아갈 수도 없었어요. 정신병원에 가면 정상인 사람도 미쳐버린다는 소문이 돌았어요. 정신을 돌아오게 한다는 명목으로 몽둥이로 때린다는 말도 들려왔어요. 그래서 저는 다른 사람들이 남편을 찾지도, 찾아도 알아보지 못하게 제주도 외곽지대로 몰래 이사한 다음 남편과 사십 년이 넘게 숨어 살았어요."

"사십 년이 넘도록 정신 분열을 앓고 있는 박건우 씨와 사셨다고요?"

"그래요, 사십 년이었어요. 저는 밥집을 하면서 생활을 이어갔어요."

미영은 알고 있었다. 정신 분열이 얼마나 참고 견디기 힘든 일인지. 갑자기 칼을 들 수도 있었고 목을 조를 수도 있었다. 그때마다 연분은 죽음을 생각했을 것이다. 이미 죽은 목숨, 무엇을 해도 아깝지 않은 목숨. 연분은 자신의 목숨을 그렇게 생각했을 것이다. 그런 목숨이라는 것이 이 세상에 있을까. 그렇게 살기보다는 같이 죽음을 생각하지 않았을까. 문득 그 둘 사이에 아이가 있었다는 말이 떠올랐다. 미영은 연분에게 아이에 관해 물었다.

"그래요, 아이가 있었어요. 그 아이는 원수의 아이였지만 뱃속에서부터 저는 아이에 대한 사랑을 느꼈어요. 아이 때문에 죽음 같은 시간을 견딜 수 있었어요. 너무나 사랑스러운 아이였어요. 건우 씨도 아이를 보면 증상이 호전되곤 했어요. 하지만 그 아이는 일곱 살을 넘기지 못하고 우리 곁을 떠나갔어요. 교통사고였어요. 건우 씨를 돌보느라 아이에게서 눈을 뗀 것이 잘못이었어요. 정말 죽고 싶었어요. 죽고 싶었지만 그 아이 때문에 살았는데……. 그 아이가 죽자 모든 것이 사라져버렸어요. 죽고 싶은 마음조차 사라져버렸어요."

미영은 그때 연분의 심정을 생각하며 울었다. 죽고 싶었으나 아이가 있어 살았고, 아이가 죽고 난 뒤에는 또다시 죽고 싶었겠으나 박건우를 돌보기 위해 죽지 못하고 살아왔을 한 여인이, 사랑하는 자식을 잃은 여인이 앞에 앉아 있었다. 연분은 한참을 울었다. 미영은 이 여인이 너무 가여워 자신도 모르게 다가가 안았다. 연분의 울음이 떨고 있었다.

"90년도, 그쯤이었을 거예요. 조 원장이 나타났어요. 꼭 박건우 씨를 만나야 한다고 했어요. 그리고 조의도가 죽었다는 것과 자신이 아버지의 죄를 대신 사죄하겠다는 뜻을 밝혀온 때가 그때였어요. 조 원장이 건우 씨의 치료를 돕겠다고 했을 때는 장사가 생각처럼 되지 않아 생활이 어려워 살아가기 힘든 시기였어요. 그래서 저는 박건우 씨를 조 원장에게 맡기고 제주도에서 같이 밥집을 하던 사람과 이곳 부산으로 옮겨 왔어요."

미영은 고개를 끄덕이며 연분을 바라보았다.

"'세 번째 눈' 이후로 박건우 씨의 인격과 김달수 씨의 인격이 함께 살게 된 것 같아요. 불안한 동거라고나 할까요. 박사님은 식물의 접붙이기 방식을 아시겠죠. 유전적으로 유사하거나 같은 종의 두 식물에서 각각 원하는 부위를 잘라낸 후 절단 부위를 붙여놓으면 하나의 식물처럼 자라게 된다고 하더군요. 건우 씨와 달수의 정신이 하나로 붙어버린 거예요. 그 둘은 하나이면서 둘이고 둘이면서 하나로 살아가게 된 거죠."

다중 인격은 자신의 인격이 여러 갈래로 갈라지는 것을 뜻한다. 통합되지 못할 뿐이지 개별적인 욕망은 모두 자신의 것이었다. 욕망이 갈라져서 생기는 것인데 다른 사람의 인격이 다른 인격의 내부에 들어와 살 수는 없었다. 그 사실을 인정하더라도 지금의 박건우는 자신의 인격 자체를 지우고 다른 사람인 김 박사가 되어 새로운 세계에서 살고 있지 않은가. 그 둘로도 살지 않고 자신만의 세계를 새롭게 창조해 산다는 것이 정말 가능할까. 미영은 고개를 저었다. 말이 안 되는 일이었다. 이건 정신 분열이었다. 그중에서도 특이한 경우였다.

"원장님은 건우 씨가 정상으로 돌아오게 할 계획이 있다고 했어요. 저도 조 원장을 최대한 도울 생각이에요. 건우 씨가 상처를 잊고 다시 돌아올 수 있다면 뭐든지 할 거예요. 그 사람도 알고 보면 불쌍한 사람이에요. 부모도 다 잃고 지금은 자신이 누군지도 모르면서 살고 있잖아요."

연분의 붉은 눈에서 눈물이 떨어졌다. 미영은 그 마음을 이해할 것 같았으나 그렇다고 가망 없는 희망이 과연 옳은지 회의가 들었다.

"건우 씨는 마지막에 저를 보고 말했어요. 세 번째 눈이 대못처럼 가슴에 꽂혔다고. 가슴에, 그 깊고 깊은 슬픔의 눈이 마지막까지 살고 싶어 발버둥치던 한 제주의 어린아이가, 자신으로 인해 형마저 잃어버린 한 아이가, 마지막 희망이라고 믿었던 자신을 보며 총에 맞아 죽은 그 아이의 눈빛이 가슴에 박혀 있다고요. 빼려고 해도 빼낼 수 없는 눈빛, 그 눈빛이 건우 씨의 영혼을 먹어버린 거죠. 전혀 다른 인간의 인격을 갖게 한 거예요. 박건우 씨는 더 이상 박건우도 아니고 김달수도 아니었어요. 그 둘이면서 그 둘이 아니었어요. 죄책감과 두려움과 자기 도피와 합리화가 함께 일어난 거겠지요. 저는 박건우로 돌아와야 한다고 생각해요. 그 사람을 제자리로 돌려놓고 싶어요."

미영은 박건우의 가슴에 박힌 눈빛의 의미를 알 수 있었다. 그것은 상처였고 그 상처로 인해 겨울이 오고 모든 것이 얼어붙어버리는 결빙. 박건우의 정신은 봄이 오지 않는 겨울 왕국이 되어버린 것이다. 하지만 그것은 어디까지나 죄의식이었다. 연분은 그런 박건우를 연민하였고 연민이 눈처럼 쌓이고 쌓여 사랑의 감정까지 잉태하고 있었다.

"건우 씨는 정신이 나간 듯 소리쳤어요. 내가 죽었다. 내가 살린다는 약속을 지키지 못해 모두가 죽었다. 나를 죽이고 싶으면 죽여라, 하고 칼을 제 손에 들려주었어요. 그럼 또 달수가 울었어요. 이래도 울고 저래도 우는 날들이었어요."

"사십 년을 그렇게 보내셨군요."

"형편이 좋았더라면 제주에 머물렀겠지만, 그때는 가난하게 살 때였고 조 원장은 계속 자신을 믿어달라고 했어요. 조 원장이 남편을 잘 치료해줄 것이라 여겼지만, 지금 돌이켜보면 저도 떳떳하지 못했어요. 그래요, 도망치고 싶었어요. 저는 그냥 어디든 떠나고 싶었어요. 날마다 건우와 달수를 대하는 것이 고통이기도 해서 그들로부터 떠나고 싶었어요."

연분의 볼에서 눈물이 흘러내렸다.

미영은 다시 제주도로 넘어가야 했지만, 아직 풀리지 않은 의문들이 남아 있었다. 박건우 씨가 김 박사의 세계를 만든 이유는 건우와 달수가 아닌 다른 사람으로 살고 싶은 욕망 때문이었을 것이다. 자신을 지키기 위한 방어기제의 한 가지 방법이었다. 건우가 정상으로 돌아온다면 좋겠지만 그것이 과연 건우를 위한 것인지 다시 회의가 들었다.

미영은 조 원장과 호철 앞에서 달수의 인격으로 살아난 김 박사를 생각했다. 박건우의 인격에 숨겨져 있던 달수의 인격이 호철을 바라보며 난이는 네가 죽었다고 소리치던 모습이 떠올랐다. 김 박사는 다시 박건우로 그리고 달수는 달수로 돌아오는 것인가. 김 박사의 목소리는 김달수의 목소리였다. 그럼, 예전의 정신 분열 환자로 돌아가고 있는 것인가.

죽음보다 더한 고통이 과연 있을까. 미영은 사건의 실마리를 풀기 위해 무엇을 건드려야 하나 생각해보았다. 일단은 돌아가서 김 박사의 상태를 확인하고 싶었다. 다시 박건우로 살아갈 것인지도 결국 김 박사가 선택할 문제일 것이다.

"혹시, 김달수가 작성한 진술서를 가지고 있으신가요?"

"아니요. 남편이 믿을 만한 후배에게 맡겼다고 했는데 저는 그 후배가 누구인지 몰라요."

"박건우 씨가 감옥에서 가져온 문서의 양은 대충 얼마나 될까요?"

"박스로 다섯 개는 될 거예요."

중요한 단서인 진술서를 지금으로서는 찾기가 힘들 것 같았다. 미영은 한 가지를 더 짚어보고 싶었다.

"그럼 십 년 전에 달수 씨의 인격이 찾아왔다고 했는데 그때는 무슨 일이 있었던 거지요?"

"그때, 건우 씨가 조 원장의 병원에서 탈출했다고 했어요. 제가 건우 씨를 버렸다고 생각했겠지요. 그리고 그 후로는 제가 제주로 들어가 박건우 씨를 보았어요. 처음엔 원장님의 말을 믿지 않았는데 실제로 건우 씨를 보니까 사실이라는 것을 알았어요. 건우 씨는 예진의 기억을 모두 지워버리고 다른 사람이 되어 살아가고 있었어요. 정신과 의사인 김 박사는 건우 씨가 만들어낸 인물이었어요. 저도 건우 씨도 달수도 그의 기억에서 지워지고 없었어요."

"실제로 보셨다고요?"

"네, 그래요. 조 원장님을 따라 제주에 가서 그 사람을 만났어요. 하지만 그 사람은 저를 기억하지 못했어요. 기억을 지워버린 거지요."

미영은 연분의 슬픈 눈을 보고 여기까지라는 것을 알았다. 그 눈은 숨기지 못하는 사랑이었다. 연분은 박건우에게 지워지고 싶지 않은 것이다. 그래서 조 원장의 치료에 도움을 주고 있었다. 박건우가 왜 달수의 인격으로 살게 되었는지 그리고 왜 건우와 달수가 아닌 김 박사라는 인격을 갖게 되었는지 의문이 풀리고 있었다. 그리고 조 원장이 박건우에게 얻고 싶은 것은 조의도를 찍은 사진이었다.
이제는 돌아가야 했다.

"제가 여기에 왔다는 말은 비밀로 해주십시오."

"알겠습니다. 조만간 원장님이 저를 제주로 부른다고 했어요. 그
것도 치료의 일환이라고 했어요."

미영은 '조만간 부른다'는 말이 가진 어감이 불안하게 다가왔다.
조만간이면 이제 일이 마무리되고 있다는 의미였다. 미영은 조 원
장의 속셈이 궁금했다. 인사를 하고 나오는데 연분은 미영에게 직
접 만든 팔찌라며 손목에 걸어주었다. 노란색 매듭 실이었다. 매듭
마다 크고 작은 하트 모양의 구슬이 꿰여 있었다. 미영이 연분을 바
라보자 연분은 슬픈 미소를 지었다. 미영은 연분에게서 죽은 아이
에 대한 그리움을 읽었다. 소중한 것은 기억 속에서 죽지 않고 살아
있었다.

혼자 남은 연분의 모습이 눈에 아프게 들어왔다. 연분은 아픈 상
처를 드러내는 것을 감수하고 지난 이야기를 들려준 것이다. 결정적
인 뭔가가 있는데 아직 그것을 밝혀내지 못한 느낌이었다. 연분으로
서도 과거의 이야기를 꺼낸다는 것은 힘든 결정이었을 것이다. 미영
은 팔찌를 보았다. 팔찌는 연분이 죽은 아이를 생각하며 만들었을
것이다. 연분의 마음이 미영의 팔목을 타고 온몸으로 흘렀다.

어둠이 내려앉을 무렵 미영은 제주공항에 들어섰다.

김 박사의 기억

조 원장의 정신병원에 마련된 보건실에서 김 박사는 깨어났다. 김 박사는 왜 달수의 기억이 자신에게 있는지 알 수 없었다. 이 사실을 어떻게 해석해야 좋을지 몰라 한참을 멍하니 앉아 있었다. 김 박사는 자신을 보던 호철이 비릿하게 웃었던 기억이 났다. '그래, 그 웃음이었어.' 그 비릿한 웃음이 김 박사의 안에 있는 무엇인가를 건드린 것이다. 그것이 무엇일까. '왜 내 안에 달수가 사는 것일까.' 김 박사는 혼란스러웠다. 조 원장이 들어와 김 박사의 몸 상태를 물었다. 김 박사는 괜찮다고 말했다.

"그 이호철이란 사람은요?"

"제가 돌려보냈습니다."

김 박사는 이호철이라는 사람을 다시 만나 그때 한라산에서 일어난 일에 대해 자세히 물어보고 싶었다. 한라산에서 일어난 일의 실마리를 풀려면 호철을 만나봐야 했다. 조 원장은 이호철에게 언제든지 연락할 수 있으니 지금은 쉬라고 했다. 지금의 몸 상태로는 아무것도 할 수 없었다.

"이만 돌아가서 쉬고 싶군요."

"그러시죠, 박사님. 기운 차리시면 전화 주십시오."

"그렇게 하겠습니다, 원장님."

조 원장이 김 박사를 숙소까지 데려다주었다. 조 원장은 미영이 간 곳을 알게 되었다. 부산, 연분이었다. 뜻밖이었다. 미영이 깊이 들어오고 있었다.

김 박사는 먼저 샤워를 하고 싶었다. 온수에서 김이 올라오자 의식 깊숙한 곳에 있는 달수에 대한 의문이 다시 안개처럼 몰려들었다. '이런 느낌을 전에도 받은 적이 있었던가.' 그 느낌을 잡고 싶은데 아무리 손을 뻗어도 닿을 수도, 잡을 수도 없었다. 하수구 속으로 빨려 들어가는 물이 꺼억꺼어억 소리를 냈다. 누군가를 잡아먹고 트림을 하는 소리같이 들렸다. 날마다 누굴 그리 잡아먹는 것인가. 불쌍하고 힘없는 사람들을 잡아먹고 오늘도 꺼억꺽 소화를 시키고 있는 것일까. 괴물 같다는 생각이 들자 김 박사는 몸을 웅크렸다. 김 박사는 거울을 바라보았다. 문득 그 비릿한 냄새가 스멀거리며 올라오기 시작했다. 하지만 아무리 둘러봐도 냄새의 출처를 알 수 없었다. 수건으로 거울을 가리고 샤워실에서 나왔다.

김 박사는 멍하니 앉아 있다가 뭔가 생각난 듯 책상에 올려져 있는 김달수 씨가 남기고 간 노트를 펼쳐 들었다. 어쨌든 실마리는 이 노트 안에 들어 있을 것이다. 백조일손지지(百祖一孫之地)란 글자가 대각선으로 띄엄띄엄 암호처럼 적혀 있었다. '이것이 무엇을 말하는 것일까.' 김 박사는 인터넷에서 관련 내용을 찾아보았다.

1950년 6월 25일, 한국전쟁이 일어나자 집단 학살은 다시 자행되었다. 4·3 봉기에 연루되어 육지에 수감되었던 사람들은 북한군이 들어오기 전에 대부분 처형되었고(1950년 7월) 훈방되었던 사람들도 예비검속에 걸려 집단으로 학살되었다(1950년 7월~9월). 예비검속으로 희생된 사람들은 '사상이 의심스럽다', '경찰과 다투었다', '군경에 비협조적이다', '3·1절 시위 발포 사건과 관련하여 총파업에 가담하였다', '4·3 때 가족 중 누군가 죽었다' 등 지극히 객관성이 결여된 감정적인 판단으로 연행되어 죽어간 것이다. 이러한 비이성적인 사상 청소 작업으로 제주도에서 희생된 사람 수는 약 1천 명 정도가 된다(경찰서별로 제주시 400~500명, 서귀포 250명, 모슬포 250명, 성산포 6명). 백조일손지묘에 묻힌 사람들도 이때 죽임을 당한 자들이다.

집단 학살은 킬링필드에서나 일어나는 일인 줄 알았던 김 박사로서는 충격적인 내용이었다. 이곳 제주가 킬링필드였다니. '죽음의 들판'을 의미하는 킬링필드는 1975년 4월 17일 집권한 폴 포트의 크메르 루즈 정권이 캄보디아를 지배한 7년 8개월 10일 동안 학살, 기아 등으로 캄보디아인 100만 명 이상이 사망한 사건을 말하기도 하고 시체들을 한꺼번에 묻은 집단 매장지를 뜻하는 말이기도 했다. 그러니까 제주도는 한때 집단 매장지, 킬링필드였다. 김 박사는 몸이 떨려왔다. 호철이 누군가를 죽였다면 달수가 친구 호철을 향해 소리친 것은 당연한 일인지도 모른다는 생각이 들었다.

초인종이 울렸다. 미영이었다. 김 박사는 아무렇지도 않은 듯 미영을 대할 수 없다는 것을 알았으나 지금은 왜 달수가 자신의 기억 속에 살고 있는지 설명할 수 없었다. 미영은 김 박사의 몸 상태를 물었다. 김 박사는 많이 좋아졌다고 말하며 웃어 보였다. 미영은 걱정했던 김 박사의 상태를 보고 안도했다.

"김달수 씨의 노트를 보고 있었소."

"뭐가 나왔나요?"

"집단 학살에 관한 내용이 담겨 있었소. 그리고 여기를 보시오."

"제주-342."

"그렇소. 그 환자가 내게 준 쪽지에 적힌 암호. 나에게 찾아가라고 한 곳이오. 나는 이곳이 제주에 있는 어느 곳이라고 생각했소. 그리고 그 노트에서 주소를 찾아냈소. 나는 이곳을 찾아가볼 생각이오. 나와 같이 가주겠소?"

"당연히 제가 같이 가야지요."

미영은 김 박사를 보고 웃어주었다. 미영은 김 박사에게 달수의 죽음을 알려주어야겠다고 생각했다. 달수의 죽음을 인식하는 김 박사의 반응을 관찰하고 싶었다.

"김달수 씨가 죽은 것도 알고 있나요?"

김 박사는 김달수의 죽음을 알아야 했다. 뭔가를 정리하고 나서야 다른 단계로 넘어갈 수 있었다. 미영은 아직 몸이 성치 않은 김 박사에게 너무 심한 충격을 준 것은 아닐까 하는 생각이 들었으나 지금으로서는 지켜보는 수밖에 없었다.

"소주 한잔 할까요?"

"괜찮으신가요?"

"아직은 모르겠소. 그냥 소주 한잔이 생각났소."

"김달수 씨의 죽음을 애도하기 위해서요?"

"남은 자는 떠난 자를 애도해줘야 하지 않을까요."

미영은 김 박사의 반응이 조금 의외였다. 탈출한 환자가 실은 예전에 죽은 김달수라는 사실을 알면 배신감과 분노를 표출할 줄 알았는데 예상과 달리 김 박사는 이 사실을 아무렇지 않은 듯 받아들이고 있었다. 무의식적으로 김 박사는 이미 김달수의 죽음에 관해 알고 있었을지도 모른다는 생각이 들었다.

"그래요. 그렇게 살다 간 것은 안 된 일이지만 이제 과거의 기억 때문에 상처받고 괴로워할 일은 없잖소. 우리 함께 애도하도록 합시다."

"장소도 그렇고 너무 늦었지만…… 소주 한 잔으로라도 우선 그래요, 박사님."

"우리는 죽음을 보내는 일을 잘해야 해요. 그래야 오늘을 잘 살아갈 수 있소. 죽음을 잘 보내는 일은 지금 우리의 모습을 되돌아보는 일이오. 달수 씨는 죽었지만, 그 죽음이 지금을 살아가는 우리에게 들려주는 말이 있을 것이오. 우리는 그가 남긴 말을 잘 들어야 해요. 나는 그가 죽음으로 남긴 말이 4·3의 교훈이라고 생각하오. 다시는 그런 역사가 있어서는 안 된다는."

"네, 박사님."

"혹시 T. S. 엘리엇의 장시 「황무지」를 알고 있나요?"

"네, 알고 있어요. 유명한 시잖아요."

"그 시의 서문은 이렇게 시작하죠. '한번은 쿠마에 무녀가 항아리 속에 매달려 있는 것을 직접 보았지. 아이들이 '무녀야, 넌 뭘 원하니?' 물었을 때 그녀는 대답했어. 죽고 싶어.' 나는 무녀의 이 말에 충격을 받았어요. 유일한 소원이 죽고 싶다니 말이오. 그리고 '죽은 자의 매장'이 시작되지요."

"죽은 자의 매장이요?"

"그래요. '사월은 가장 잔인한 달, 죽은 땅에서 라일락을 키워내고 추억과 욕정을 뒤섞고, 잠든 뿌리를 봄비로 깨운다.' 들어봤을 거요."

김 박사는 설명을 이어나갔다.

"이 시는 1차 세계대전 후 유럽의 정신적 황폐를 상징적으로 표현하고 있어요. 인간이 인간을 이념이라는 이름으로 서로를 죽인 거죠. 과연 인간이 이성을 가진 존재라고 할 수 있을까요. 이렇게 서로를 죽이면서. 저는 이곳 제주에서 황무지를 봤어요. 4·3을 겪었을 이곳 제주 사람들의 마음은 황무지 그 자체였을 거예요. 아무것도 자라지 않을 것 같은 땅이죠. 하지만 잔인하게도 봄이 오자 시체들이 묻힌 땅에서 꽃이 피어나는 거죠. 시체들 위에서 다시 생이 시작되는 거예요. 얼마나 잔인해요. 정말 끔찍했을 거예요. 그 끔찍함을 견디며 제주 사람들은 살아왔을 거예요. 그러니 4월은 정말 잔인한 달이죠."

미영은 새삼 김 박사를 다시 보았다. 정신의 영역에서 어디까지 새로운 세계가 만들어질 수 있는 것일까. 그 세계에서 김 박사는 정말 지식을 넘어 삶의 통찰에까지 다다른 것일까. 그럴 수 있는 것일까. 김 박사는 미영이 생각하지 못한 인생의 다른 면을 바라보는 눈을 가지고 있었다. 하지만 미영은 김 박사에게 왠지 모를 연민의 감정을 느끼고 있었다. 자신의 인격을 지우고 다른 인격으로 살아가는 인간을 향한 연민이었다. 이 사람이 짊어져야 할 아픔은 어느 정도였을까. 어느 정도였기에 자신이 가진 모든 기억을 지워버리고 싶었을까.

"김달수 씨가 다른 세상에서 행복하기를 바라겠어요."

미영이 달수를 위해 잔을 들었다.

"그가 평안하게 영면하기를 바라겠소."

"박사님 '영면'이란 어떤 의미인가요?"

"영면은 다시 이승으로 오기 위한 과정이오. 왜냐하면 이승은 살아 있는 공간이고 저승은 죽음의 공간이기 때문이오. 죽음은 다시 생을 갈망하니까요. 그래서 죽어서도 이승에서의 살아 있는 목숨이 그대로 이어지기를 바라는 것이겠지요. 이승에서의 목숨이 죽어서도 영원하기를 바라는 기원은 뿌리가 깊은데, 예를 들어 이집트에서는 미라를 만들었고 중국에서는 진시황의 무덤에서 보듯이 흙으로 사람과 전차를 만들어 사후 세계를 지배하려고 했고, 죽음 이후에도 생이 지속되기를 바라고 있었다고 봐요."

"생각해보니 그러네요."

"인간은 행복을 추구하는 존재예요. 살아서나 죽어서나 행복하기를 원하지요. 그게 인간의 본질일지도 모르지만 그렇다고 모든 사람이 권력과 돈을 가질 수는 없겠죠. 그래서 생각해낸 것이 모든 것이 마음먹기에 달렸다는 일체유심조(一切唯心造)가 아닐까요. 이 생각은 지금도 거대한 영향력을 발휘하고 있다고 봐요. 왜 그럴까요? 나는 그 속에 행복해지고 싶다는 인간의 욕망이 잠재되어 있기 때문이라고 생각해요. 물질은 갖지 못했으나 정신은 행복하도다. 뭐, 이런 것이 아닐까요."

"박사님은 철학자시네요."

"그냥, 여기저기 책에서 얻어들은 생각일 뿐이오."

두 사람은 달수의 영면을 위해 건배를 들었다. 바닷바람이 두 사람의 잔을 부드럽게 스치고 지나갔다. 둘은 늦은 시간까지 술잔을 기울였다. 미영은 이제 조 원장의 가면을 벗길 시간이 다가오고 있다는 것을 알았다. 결정적인 단서를 확보한다면 조의도의 아들 조 원장의 가면을 벗길 수 있을 것이다. 물증이 필요했다.

두 사람을 지켜보는 눈이 있었다. 조 원장이었다. 물고 있던 담배를 비벼 끄고 자리에서 일어났다. 조 원장의 표정은 일그러져 있었다. 계획이 틀어진 것이다. 미영이 이렇게까지 파고들지는 몰랐다. 지금은 그만두게 할 수 없었다. 때를 놓쳐버린 것이다. 만일 신고라도 한다면 복잡해질 것이다. 뒤늦게 후회가 밀려왔다. 물러터진 애송이인 줄 알았는데 투지를 지닌 싸움닭이었다. 계획을 앞당겨야 했다.

호철의 기억

호철은 소주를 들이켰다. 어린 시절부터 계속된 악연은 끈덕지게 달라붙어 떨어질 줄을 몰랐다. 살기 위해서였다고는 하지만 조의도의 프락치가 된 것은 두고두고 후회되는 일이었다. 처음부터 단추가 잘못 끼워진 것이다. 하지만 지금에 와서 다른 방법은 없었다. 살아 있다는 것을 천운으로 생각해야 했다. 얼마나 많이 죽었던가. 호철은 소주 한 병을 더 비우고 길거리에 누워 아무렇게나 잠이 들었다.

백열전구가 호철을 비추고 있었다. 좁은 밀실에서는 퀴퀴한 냄새가 올라왔고 옆 방에서는 몽둥이 소리와 고통에 찬 비명이 들려왔다. 호철은 겁을 잔뜩 집어먹고 있었다. 어둠 속에서 쇳소리 같은 목소리가 들려왔다.

"야, 이호철!"

"옙, 제가 이호철이우다."

"그만큼 몽둥이에 얻어맞았으면 이제 무슨 말인지 알아듣겠지?"

"옙, 무신 일이든 시키는 양 허쿠다. 살려줍서. 제겐 하르방이 있수다."[1]

"그래, 이제 너한테 남은 것은 할아방밖에 안 남았지. 그렇지?"

"옙, 맞수다."

"좋아. 너는 이제부터 서북청년단의 자랑스러운 프락치가 되는 거다. 알겠나?"

"옙, 알았수다."

"길수란 놈이 자꾸 눈에 거슬린단 말이야. 네가 그놈을 우리한테 데려와야겠어."

"길수 성을 마씨?"

"그래, 넌 이 편지만 길수한테 전하면 돼. 묻지도 말고 의심도 하지 말고 그냥 시키는 대로 하면 돼. 알았어?"

"옙, 알았수다."

"좋아. 이것은 초콜릿이야. 미군이 주는 선물이지. 한번 맛보기나해."

---

1 옙, 무슨 일이든 시키는 대로 하겠습니다. 살려주십시오. 제겐 할아버지가 있습니다.

"옙, 나중에 먹겠습니다."

"지금 먹으라고!"

"옙, 지금 먹으쿠다."

"좋아. 넌 이제 우리와 한배를 탄 것이다. 알겠나?"

"옙, 알겠수다."

피가 터진 채 호철은 초콜릿을 오물거리면서 눈물을 흘리고 있었다. 호철의 얼굴은 웃는지 우는지 표정을 알 수 없었다. 부은 얼굴로 오물거리는 호철의 표정은 잔뜩 주눅이 들어 있었다. 호철은 전등 뒤에서 들려오는 목소리가 잔인하기로 소문난, 보기만 해도 이가 떨린다는 조의도의 것임을 직감했다. 몽둥이를 든 조의도는 어둠 속에서 걸어 나와 호철의 얼굴을 바라보며 낄낄거렸다.

"길수가 어딘가로 연락을 할 거야. 그 연락처를 가져와. 안 그러면 네 할아방도 너도 죽는다. 알겠나?"

"옙, 알겠수다."

풀려나온 호철은 길을 더듬어 길수한테 갔다. 감옥에서 나온 길수는 혼자서 벽에 등을 기댄 채 멍하니 허공을 바라보고 있었다.

"길수 성, 길수 성!"

"어, 호철이구나, 너 얼굴이 무사 경 되어시니. 어떵된 일이고?"[2]

---

2 어, 호철이구나, 너 얼굴이 왜 그래, 무슨 일이야?

"오단 동네 깡패덜헌티 맞았수다."

"동네 깡패덜?"

"서북청년단이랜 허는 놈덜이 뒤를 봐줌댄 헙디다."

"이런 죽일 놈덜."

"경허고 이거."[3]

"이거 뭐꼬?"

"연분 누나가 이거 성신디 가져다주랜 헙디다."[4]

편지였다. 길수는 호철이가 전해준 편지를 열어보았다. 오늘 밤에 만나자는 내용이었다. 시간과 장소가 적혀 있었다. 길수는 선착장 외진 곳에서 이 늦은 밤에 연분이 자신을 보자고 할 일이 없다는 것과 누군가에게 맞아 얼굴이 부어 있는 호철의 얼굴을 보며 이것이 자신을 끌어들이기 위한 서청의 함정이라는 것을 알았다. 하지만 자신이 안 간다고 해서 해결될 문제는 아니었다. 그곳에 연분이 잡혀 있을지도 모르는 일이었고 만약 연분이 있다면 죽기 전에 한 번은 만나야 했다. 어쨌든 이대로 있을 수는 없었다. 연분이 자신을 살리기 위해 서청 대원 놈과 결혼하려 한다는 것을 알고 있었다. 길수는 이렇게 사는 것은 죽는 것보다 못하다고 생각했다. 그것은 살인보다도 더 무서운 일이었다. 길수는 이렇게는 살고 싶지 않았다. 차라

3　그리고 이거.

4　연분 누나가 이거 형한테 가져다주라고 했어요.

리 연분을 만나 함께 죽고 싶었지만 혼자 남을 달수가 마음에 걸렸다. 먼저 달수를 만나 다짐을 해둬야 했다. 호철한테 달수를 찾아오라고 시키고 담배를 물었다. 담배 연기가 덧없는 한 줌의 인생처럼 허공으로 올라가 흩어졌다. 인민이 주인이 되는 세상을 만들고 싶었는데, 그런 나라에서 일하고 싶었는데 어떻게 된 일일까. 무엇이 잘못되어버린 것일까. 친구 동민이가 끌려가 고문을 당하다가 죽은 날 길수는 분노했다. 총을 들어야 했다. 하지만 어떻게 알았는지 서청 대원들이 먼저 와 기다리고 있었다. 연분을 생각하면 마음이 무너졌다. 길수는 깊이 담배 연기를 빨아들였다. 마지막이 될지도 모르는 담배 한 모금이었다.

호철이 달수를 데리고 왔다. 길수는 달수를 바라보았다.

"달수야, 성신디 무신 일이 일어나도 절대 놀라민 안 된다."

"성, 무신 일이야?"

"혹시 성이 못 돌아오민 여기에 있는 주소로 찾아가. 너를 도와줄 거매."

"성, 무신 말을 햄나. 성, 연분이 누나 때문에 경허는 거민 다 잊어부러. 내가 다 봤단 말여. 연분이 누나가 다른 놈이영 그 짓을 허는 걸 내가 다 봤다고, 내가."

"무신 말 햄나? 달수야, 정신 차려!"

길수는 달수의 뺨을 때리고 품에 안았다.

"달수야, 너가 본 건 다 거짓이라. 잘못 본 거매. 다 잊어부러, 알았지?"

"아니라. 내가 다 봤다고."

달수는 형 길수를 밀치고 밖으로 뛰쳐나갔다. 달수가 생각하기에 형은 바보였다. 이미 연분이 누나의 마음에는 형이 없는데, 길수 형만 연분이 누나를 생각하고 있는 것 같아 억울했다. 연분이 누나가 다른 놈이랑 그 짓을 한 것만 봐도 다 알 수 있는데 그걸 모르는 형이 불쌍했다. 형은 연분이 누나밖에 몰랐고 연분이 누나도 그런 줄 알았지만, 연분이 누나의 마음이 바뀐 것이다. 달수는 연분이 누나가 사준 공책을 찢어버리고 사다 준 옷도 불태워버렸다. 이젠 아무것도 필요 없었다.

"달수야, 달수야."

호철이가 달수를 따라와 불러세웠다.

"너네 성이 연분이 누나 만나레 갈 거여."

"뭐? 무사 우리 성이?"

"연분이 누나가 길수 성을 마지막으로 한번 보구정 허댄 허였젠."[5]

"멍청이."

"야, 어디 감나?"

"거기가 어디랜 했나?"

5　연분이 누나가 길수 형을 마지막으로 한 번 보고 싶다고 했대.

"예전 선착장이 있던 디라. 달수야, 달수야."

달수가 도착했을 때는 서청 대원들에게 붙잡힌 길수가 몽둥이로 맞고 있었다. 달려 나가려는 달수를 호철이 잡았다.

"지금 나가민 너도 죽어."

형이 맞는 것을 보면서도 달수는 달려 나갈 수가 없었다. 다리가 그 자리에서 얼어붙어 숨도 제대로 쉴 수 없었다. 서청 대원으로 보이는 한 사람이 칼로 형을 찌르는 순간 번개가 쳤다. 달수는 놀랍고 두려운 눈으로 그 장면을 바라보고 있었다. 그자였다. 연분이 누나와 정사를 벌이던 그자가 형을 칼로 찔렀다. 눈과 눈이 마주쳤다. 길수가 바닥에 쓰러져 움직이지 않았다. 달수는 그 모습을 보고 정신을 잃고 쓰러졌다. 호철이 달수를 업어 길에서 조금 떨어진 풀밭에 눕혔다. 잠시 후 달수가 정신을 차렸다.

"성아, 성아……."

달수가 길수한테 가려고 하자 호철이 형의 시체는 서청이 다른 곳으로 옮겼다고 말했다. 달수는 울고 있었으나 눈물이 나오지 않았다. 달수는 멍하니 앉아 있다가 무작정 걸어갔다. 호철이 뒤따라왔다.

"달수야, 달수야."

호철은 달수가 길수에게 받은 주소를 가져가야 했다. 호철은 오늘 똑똑히 알았다. 서청 대원들과 조의도는 무서운 사람들이었다. 호철이 충성하지 않으면 길수 형을 죽이듯이 자신을 죽일 것이다. 무서었다. 호철은 칼에 찔려 죽는 죽음의 공포가 자신을 짓누르자 몸을 떨었다. 주소를 조의도에게 가져가야 했다.

달수는 호철과 자주 가던 골목길 옆으로 난 개구멍을 지나 큰길에서는 보이지 않는 버려진 폐가로 들어갔다. 달수와 호철은 그곳에서 자신들만의 세계를 만들며 놀았었다. 시장에서 물건을 슬쩍 서리해 같이 먹기도 하고 어른들 몰래 담배를 피우기도 했다.

호철은 구석에 앉아 울고 있는 달수의 어깨에 손을 얹었다. 호철은 살고 싶었다.

"달수야, 이젠 어떵헐 거냐?"

"……."

"길수 성이 찾아가랜 헌 디 있지이. 거기 가민 사름덜이 너를 도와 줄 거라."[6]

"경헌디 내가 모르는 사람들인디."[7]

"닌 모른댄 햄주마는 너네 성이 알고 있던 사름들 아니냐게. 도움을 받을 딘 거기밖에 어서. 도움을 청허게."[8]

"오늘은 안 돼. 성 시체를 찾고 난 다음에."

---

6 길수 형이 찾아가라고 한 곳이 있잖아. 그곳에 가면 사람들이 너를 도와줄 거야.

7 하지만 내가 모르는 사람들이야.

8 네가 모른다고 하지만 네 형이 알고 있던 사람들이잖아. 도움을 받을 곳은 거기밖에 없어 빨리 도움을 청하자.

"이 바보야. 그 사름덜 도움을 받아사 성 시체를 찾주. 니 혼자는 들고 오지도 못허여."[9]

"성······."

"빨리 도움을 청허게. 그 주소가 어떵 돼?"

달수는 호주머니에서 형이 준 주소를 꺼내 호철이한테 보여주었다. 호철은 그 주소를 다른 종이에 적은 다음 달수에게 돌려주었다.

"날 밝으민 내가 성이 어떵 되신지 알아봐주크라."[10]

"고맙다, 호철아."

다음 날 조의도를 만난 호철은 달수에게서 적어 온 주소를 건네주었다. 조의도는 주소를 보고 부하들을 집합시켰다.

"개 하나는 잘 키웠다, 그것도 잘 무는 개로 하하하."

조의도가 웃으며 호철의 머리를 쓰다듬었다. 호철은 꼼짝 못 하고 그 자리에 서 있었다.

"길수 성 시체를 저신디 내줍서."

"뭐 하려고?"

"길수 성 시체를 가져가민 달수가 날 완전히 믿을 거우다. 경허민 앞으로도 정보를 더 가져올 수 이실 거우다."

9 이 바보야, 그 사람들의 도움을 받아야 형의 시체를 찾지. 너 혼자서는 들고 오지도 못해.
10 날이 밝으면 내가 형이 어떻게 되었는지 알아봐줄게.

"오호, 그래?"

조의도는 호철의 생각을 듣고 어린놈이 제법 똑똑하다고 생각했다. 마음에 들었다. 프락치는 이 정도의 머리를 굴릴 줄 알아야 한다는 생각이 들었다. 조의도는 호철에게 길수의 시신이 있는 곳을 알려주고 가져가게 했다. 조의도는 길수와 함께 활동했던 놈들에 대한 정보가 필요했다. 그 정보를 호철이 물어온 것이다. 꽤 쓸 만한 놈이었다. 앞으로도 길수 놈과 관련된 조직들이 연락해 올지 모르니 달수 옆에 붙어 있으라고 호철이에게 명령했다.

"알았수다, 대장님."

"대장님? 하하, 그렇지, 내가 너의 대장이다. 잘했다. 하하."

호철은 밤이 되자 리어카에 길수의 시체를 실어 거적으로 덮어 달수에게 가져갔다. 달수는 참담하게 일그러진 형의 시체를 붙잡고 울었다. 소식을 듣고 산에서 내려온 호철의 할아버지가 땅을 파고 길수의 시체를 묻자 호철과 달수가 그 주변에 네모로 돌을 쌓았다. 일을 마친 호철의 할아버지는 담배 하나를 물고 먼 산을 바라보았다. 살아오면서 이렇게 많은 죽음을 본 적이 없었다. 사람이 무서웠다. 달수는 형의 무덤에 멍하니 앉아 있다가 주섬주섬 들꽃을 꺾어다 놓았다.

호철은 이 모든 일이 자신 때문에 일어난 일 같아서 달수의 눈을 피했다. 호철은 조의도가 달수를 지켜보라고 했지만, 할아버지를 따라 산으로 간다면 아무리 조의도라도 찾지 못할 거라는 생각이 들었다. 호철은 할아버지를 따라 중산간마을로 올라갔다. 다시는 해안가로 내려오고 싶지 않았다. 그동안 돈을 벌기 위해서 물고기 나르는 일을 도왔으나 이제는 물고기의 비린내가 썩고 있는 시체 냄새 같아서 곁에 가기만 해도 구토가 나왔다. 조의도가 영원히 찾을 수 없는 깊은 곳으로 숨어버리고 싶었다.

"할아버지, 할아버지, 눈을 떠보세요, 정신 차리세요."
길거리에서 그대로 잠이 든 모양이었던지 순경이 호철의 몸을 흔들어 깨웠다. 눈을 비비며 일어난 호철은 땅바닥에 놓인 겉옷을 아무렇게나 집어 들고 터벅터벅 집으로 걸었다. 호철은 제주가 안방인 것처럼 어디든지 누워서 자고 일어났다. 자신에게 뭐라고 할 사람은 없었다. 아내도 떠났고 자식들은 연락이 닿지 않았다. 집에서 자신을 기다리는 사람은 아무도 없었다. 휑한 방만이 호철한테 남은 전부였다. 혼자 남은 제주에서 호철은 하루하루를 살아갔다. 하긴 자신이라도 날마다 술만 처먹고 다니는 인간과 정붙이고 살 수는 없었을 것이다. 그러나 호철은 살아야 했다. 어떻게 이어온 질긴 목숨이던가. 육십을 넘긴 손가락 마디마디가 저려왔다.

제3부

섬의 기억

기억 속으로

조 원장은 담배 한 개비를 책상 모서리에 두드리며 생각에 잠겼다. 미영이 연분을 만나고 왔다면 자신의 계획을 알아내는 것도 시간문제였다. 리페어프로졸-X가 김 박사의 무의식 속에 있는 달수를 끄집어내는 데 성공했다. 이 기회를 잘만 이용하면 김 박사의 기억을 되돌릴 수 있을 것 같았다. 조 원장은 리페어프로졸-X를 가지고 김 박사가 잠든 방으로 몰래 들어가 주사를 놓았다. 이 주사는 어떻게든 김 박사에게 강한 영향을 줄 것이다. 그렇게 되면 잠자고 있던 무의식이 수면으로 올라올 것이란 생각이 들었다. 조 원장은 잠이 든 김 박사를 보면서 중얼거렸다.

"박건우, 이제 돌아와야지."

김 박사는 더 깊은 잠 속으로 빠져들었다. 안개가 자욱하게 낀 다리를 지나가자 문이 열렸다.

달수가 걸어 나왔다. 달수는 형이 준 주소로 찾아갔지만, 그곳에서 달수를 기다리는 사람은 아무도 없었다. 집기들은 부서져 바닥에 뒹굴고 있었다. 피가 튄 벽들이 원래부터 붉게 칠해진 것처럼 붉었다. 섬뜩했다. 달수는 알 수 없는 오한과 두려움에 떨다가 울면서 달려 나갔다. 형이 찾아가라고 한 사람들은 모두 죽거나 잡혀간 것이다. 달수는 어둠 속을 걸으면서 울었다.

달수를 데려와 돌봐준 것은 지수였다. 달수를 데려온 지수는 그냥 지켜보기만 했다. 상처는 딱지가 질 때까지 시간이 필요하다는 것을 지수는 알고 있었다.

달수는 쉽게 마음을 열지 못했다. 그리고 혼자 울기만 했다. 지수는 달수의 울음이 멈출 때까지 기다렸다. 그리고 나란히 앉았다. 달수와 지수는 날마다 달을 봤다. 구름이 달을 가린 날은 달이 없는 것처럼 보였지만 기다리다 보면 달은 구름 뒤에서 나왔다. 달은 오름 너머에서도 나왔고 한라산 위에서도 나왔다. 달수는 기다리고 있으면 찾아와주는 달이 왠지 좋았다. 그렇게 달을 보고 있으면 죽은 형도 살아올 것 같았다. 보름달이 뜨면 달수는 혼자서 어디론가 갔고 지수는 말없이 달수 뒤를 따라갔다. 달수는 돌로 만든 무덤 앞에 한참 동안 앉아 있었다.

"부모님이시니?"

달수는 고개를 저었다.

"그럼 누구?"

"형이에요. 형이 외로울까 봐서요."

길수의 묘였다. 지수는 달수를 꼭 안아주었다. 달수가 겪었을 아픔이 고스란히 전해져왔다.

"달수야, 이제 괜찮아. 다 좋아질 거야."

"응, 누나. 기다리고 있으면 저 달처럼 형도 언젠가는 나를 찾아올 것 같아."

"그래, 달수야……."

"형은 죽었지만 내 기억 속에서는 살아 있어. 달이 떠오르면 형이 웃고 있는 것처럼 보여."

"그렇구나, 맞아. 형은 죽은 것이 아니지. 이렇게 달수의 기억에 살아 있으니까."

누군가를 기억하는 일은 그 자체로 살아가는 힘이었다. 지수는 달수의 기억 속에 길수가 오래오래 살아 있기를 바랐다.

안개가 몰려와 장면들이 지워졌다. 달수의 기억 속에서 빠져나온 김 박사는 다른 기억의 문으로 들어갔다.

지수의 모습이 보였다. 지수는 인민위원회에서 열심히 활동하는 오빠 동민의 활기찬 모습을 보고 있었다. 이제 새로운 세상이 온 것이다. 제주민들을 괴롭히던 일본 놈들도 다 물러가고 일제 앞잡이들도 그 대가를 받을 것이라고 말하는 동민의 얼굴에는 생기가 돌았다. 얼마나 오랫동안 꿈꿔왔던 대한의 독립이던가. 그리고 이 순간을 위해 얼마나 많은 고통 속에서 참아왔던가. 이제 모든 일이 새롭게 시작되고 있었다.

"오빠, 이제 어떻게 되는 거야?"

"이제 새로운 세상이 오는 거야. 이제 우리가 주인이 되는 세상이 오는 거지."

"그런 세상이 어디 있어? 우리가 주인이 되는 세상은 한 번도 없었다면서."

"하하, 이제부터 우리가 만들어나갈 거야, 두고 봐."

하지만 날이 지나갈수록 동민의 얼굴이 어두워지기 시작했다. 미군정이 들어서면서 처음에는 인민위원회와 함께 지도부를 구성하고 일을 해 나갔으나 동민으로서는 이해할 수 없는 일이 벌어진 것이다. 그것은 일제 앞잡이들에 관한 일이었다. 그들을 처벌하지 않고, 오히려 그들의 지위를 높여주는 말도 안 되는 일이 일어났다.

"길수야, 앞으로 어떻게 하면 좋을까?"

"동민아, 계속 싸워야지. 어떻게 하긴 어떻게 해. 이대로 당하고 있을 수만은 없어. 뭣이 옳고 그릇된 것인지 알려줘야지. 이게 말이 나 되는 일이야? 일제 앞잡이가 그대로 경찰이 되어 동지들을 잡아들이다니, 이건 말이 되지 않잖아?"

"그래, 길수야. 어떤 일이 있어도 우리는 포기하지 말자."

"그래, 분위기가 예전 같지 않으니 몸조심하고."

지수가 오빠를 따라 조직에 뛰어든 것도 이때쯤의 일이었다. 동지의 부모를 잡아다가 고문해서 죽이던 일제 앞잡이가 경찰서장이 되다니. 지수의 생각으로도 이런 일은 정말 있을 수 없는 일이었다. 바로잡고 싶었다.

그 후에 들려온 소식은 더 기가 막혔다. 남한만의 단독 선거를 한다는 거였다. 남한만의 선거라면 북한과는 영원히 남이 되고 마는 일이었다. 어떻게 그럴 수가 있는지 이해가 되지 않았다.

1947년 3·1절을 기해 시가행진을 벌였다. 남로당 제주도당과 민관이 함께 총파업을 한 것이다. 시위대가 미 군정청과 경찰서가 있는 관덕정을 통과할 때 기마경관은 어린애가 말에 치인 것을 모르고 그냥 지나가버렸다. 분노한 군중들이 몰려들었고 기마경찰은 도망쳤다. 군중들은 기마경찰을 향해 돌을 던졌고 거리가 난장판이 되자 경찰들은 군중이 자신들을 공격하는 줄 알고 응원 나온 경찰과 함께 관덕정 주변의 사람들에게 총을 쏘았다. 이 일로 민간인 6명이 죽고 8명이 부상을 당했다. 사망자 중에는 초등학생과 젖먹이를 안고 있던 아낙네도 있었다. 이에 분노한 제주 시민은 민관합동 총파업을 벌였다.

얼마 지나지 않아 육지에서 토벌대가 도착했다는 소식이 들려왔다. 그들은 아무 죄도 없는 제주 사람들을 빨갱이로 몰아 폭행하고 고문을 가했다. 그들 앞에는 서북청년단이 있었다. 시위대를 이끌던 오빠 동민이 잡혀가 고문을 당하다가 죽었다. 지수는 오빠의 시체를 묻고 나서 꼬박 하루를 울었다. 해방이 되었다고 그렇게 좋아하더니 이렇게 될 줄 누가 알았단 말인가.

지수가 사는 집으로 조의도가 이끄는 패거리들이 들이닥쳤다. 그들은 가구들을 집어 던지고 책상을 뒤엎었다. 상복을 입고 있던 지수는 칼을 들어 자결하려고 했으나 죽을 기회를 놓쳤다.

"오호, 이거 제법 이쁘장하게 생겼는데. 이쁜 아가씨가 쉽게 죽도록 놔둘 수는 없지. 너는 내가 먼저 상대해주지."

짐승 같은 사내의 웃음소리와 함께 지수의 상복이 찢겼다. 지수가 반항하자, 사내는 지수의 얼굴을 주먹으로 가격했다. 정신을 잃은 지수의 속으로 짐승의 것이 들어왔다. 악을 질렀다. 다시 주먹이 날아들었다. 정신을 잃고 깨어났을 때 다른 짐승이 지수 위에 올라와 있었다. 지수가 손으로 뺨을 때렸다. 다시 사내의 주먹이 날아왔다. 아무런 감각이 느껴지지 않았다. 몸만 움직이고 있을 뿐 짐승들의 노리개가 된 아래는 피가 흘렀다. 그들의 얼굴은 흡사 피맛을 본 늑대처럼 보였다. 폭력을 누리는 그들의 얼굴에 짐승의 비릿함과 사냥감을 물어뜯는 잔혹함이 배어 있었다. 인간이 아니었다. 그들이 인간이라면 지수는 자신도 같은 인간이라는 사실을 저주하고 싶었다.

그들이 돌아가고 난 다음에 지수는 숨을 쉬고 있다는 사실조차 역겨웠다. 철저하게 밟히고 더럽혀진 것이다. 죽어야 했다. 이렇게는 살 수 없었다. 지수는 하수구에서 올라오는 역겨운 냄새가 자신의 몸에서 나는 것 같아 구역질했다. 웩, 웩, 몸속에 있는 내장을 끄집어내어 바닥에 내팽개치고 싶었다. 창자처럼 길게 뻗어 나오는 역겨움이 지수의 숨통을 끊어놓을 듯 목을 휘감았다. 길수와 동민이 꿈꾼 세상은 이런 세상이 아니었다. 이제 인민이 주인이 되는 세상은 오지 않을 것이다. 동지들은 총에 맞아 죽고 잡혀가서 고문당하다가 죽어갔다. 지수는 이런 세상에서 더는 살고 싶지 않았다. 이제 모든 것이 끝난 것이다. 목에 칼을 가져갔다.

드르륵, 누군가 문을 열고 들어왔다. 문득 지수는 한 놈이라도 죽인 다음에 죽어야겠다고 생각했다. 지수는 놈을 향해 칼을 들어 올렸으나, 놈은 지수의 칼을 빼앗아 던져버렸다.

"당신을 죽이고자 이곳에 온 것이 아니오."

"누구냐?"

"나는 박건우라고 하오. 당신에게 부탁이 있어서 왔소."

"부탁이라니, 이렇게 짐승들한테 강간을 당한 나한테 부탁이라니, 짐승 같은 서청 놈들한테 내 몸이 갈기갈기 찢겼는데 이런 나를 보고 부탁이라는 말이 나와? 정말 뻔뻔스럽고 가증스럽군. 차라리 나를 죽여. 그 칼로 나를 찔러. 찔러라!"

"길수의 동생 달수가 살아 있소. 난 달수를 살리고 싶소."

"당신이 왜? 왜 길수의 동생을 살리고 싶어 하는 거야. 아하, 이제 생각나는군. 당신이 길수의 애인, 연분이를 가로챈 그 뻔뻔한 자로군. 파렴치한 같으니. 길수를 죽인 살인마! 그런 당신이 이제는 달수마저 죽이려 하는군."

"아니오, 나는 내가 제주에서 저지른 모든 일이 잘못된 일이라는 것을 깨달았소. 나는 길수에게 사람으로는 못 할 짓을 했고 길수를 죽였소. 하지만 달수만은 지켜주고 싶소."

"왜? 왜? 길수를 그렇게 죽여놓고. 왜? 이제 와 죄책감이라도 느껴지나? 용서라도 받고 싶어? 그래서 이렇게 나를 찾아온 거야?"

"용서까지는 아니오. 난 달수만큼은 살리고 싶을 뿐이오."

"왜?"

"다른 이유는 없소. 이 세상에 희망이 있다면 나는 달수를 살리는 것으로 희망을 삼고 싶소. 달수를 살린다고 해서 내가 용서를 받을 수 있는 것은 아니지만 이대로 달수를 죽게 내버려두는 것은 이 땅에 남아 있는 마지막 희망을 꺼뜨리는 것처럼 생각되기 때문이오."

"희망이라고? 지금 이 섬에 희망이 어디에 있단 거지? 강요당한 침묵과 죽음에 대한 공포가 가득한 이곳에 정말 희망이 있다고 생각하는 거야?"

"난 달수를 살리고 싶을 뿐이오. 여기에 돈을 놔뒀소. 결정은 당신이 하시오. 그 아이를 살리든지 죽이든지."

"결코 당신을 용서하지 않겠어."

"알고 있소. 용서를 바라는 것이 아니오. 지금은 부탁할 사람이 당신밖에 없소."

"나도 언제 죽을지 몰라, 더는 살고 싶지 않으니까."

"그것도 알고 있소. 미안하오. 다른 집을 구해놨소. 달수를 구하기로 결정되면 당분간 그곳에서 생활하시오. "

"……."

"살아서 달수를 지켜주시오. 달수에게는 지금 아무도 없소."

건우가 가고 난 뒤 지수는 하염없이 울었다. 세상 어디에도 희망 같은 것은 남아 있을 것 같지 않았지만 죽는 것을 잠시 뒤로 미루기로 했다. 자신이 죽어버리면 달수도 죽을 것이다. 오빠 동민과 길수에게도 그것은 무책임한 일일 것 같았다. 희망이라고 했다. 그러나 무엇이 희망이란 말인가. 이 죽음의 땅에 다시 봄이 오고 싹이 돋고 열매가 열릴 것인가. 지수는 믿을 수가 없었다. 어둠만이 이 땅과 자신을 누르고 있지 않은가. 탁자 위에는 약간의 돈과 주소, 그리고 달수가 있는 곳이 적힌 쪽지가 놓여 있었다.

지수는 새로 옮긴 집으로 달수를 데려와 몸을 씻긴 후 자신의 몸도 씻었다. 몸에 붙어 있는 짐승들의 냄새를 제거하려는 듯 매일매일 구석구석 씻었다. 씻는 일밖에 할 수 있는 일이 없었다. 아니, 그렇게라도 하지 않으면 숨을 쉴 수가 없었다.

며칠이 지난 뒤 지수는 달수를 보며 살아가는 일이 희망이라는 말을 믿고 싶었다. 죽음과 공포가 드리워진 이 땅에 남아 있는 동심이 달수였다. 사람에 대한 믿음과 아직 꺼지지 않은 내일이 달수의 마음에 남아 있었다. 희망처럼 언제나 떠오르는 달. 희망은 가린다고 가려진 것이 아니었다.

"누나, 이제 나는 어떻게 될까?"

"걱정하지 마, 달수야."

"이젠 달이 동그랗게 보이지 않아."

"달이 구름을 벗어나면 다시 동그란 달이 되어 밝은 빛을 발하게 될 거야."

"달이 다시 환해질까?"

"구름에 가려졌다고 해서 달이 없는 것이 아닌 것처럼. 희망은 언제나 있어, 우리가 포기하지만 않으면 돼. 달수야, 달이 나올 때까지 포기하지 않고 견디면 되는 거야. 견디는 일도 싸우는 일이야."

모든 것이 얼어버린 동토의 땅에도 봄이 오기를 기다리는 씨앗이 있듯이 이 시간이 지나가고 나면 다시 꽃을 피울 사람들이 있을 것이다. 지수는 희망을 위해 이 시간을 견디고 싶었다. 그리고 다시 봄을 맞이하고 싶었다. 희망이라는 것은 희망을 기다리고 품는 사람들의 몫이라는 생각이 들었다. 하지만 지수의 그 꿈은 오래 가지 않았다. 어떻게 알았는지 서청에서 지수와 달수를 잡으러 왔다. 이곳에서 비밀이라고는 없었다.

"야, 달수라는 꼬마 어디 있어?"

"여기서 나간 지 오래됐어요."

"웃기지 마, 여기 이렇게 수저가 두 개 떡하니 놓여 있잖아."

"그건 혼자 먹는다는 생각이 들지 않도록 그냥 놓아둔 것뿐이에요."

"하하, 나를 속이려고. 여기에 증거가 다 있잖아. 이 빨래는 다 뭐야?"

"그냥 길거리에서 주워 온 거예요, 걸레로 쓰려고."

"시간을 벌려고 그러는 모양이구나. 여기 어디에 달수가 숨어 있다는 말인데……."

뒷문으로 도망가야 했으나 달수는 숨은 곳에서 꼼짝하지 않았다. 지수를 걱정하고 있었다. 하지만 이렇게 시간을 끌다간 둘 다 죽게 될 것이다. 빨리 결정을 해야 했다. 조의도는 총을 빼 들고 지수의 머리에 총을 겨누었다.

"이제 시간이 별로 없다. 달수야, 이 총으로 누나가 죽는 모습을 보고 싶지 않으면 이리 나와라. 셋을 세겠다. 하나, 둘,"

"도망가!"

조의도가 지수의 뺨을 갈기자 뒷문이 열리는 소리가 났다.

"뭐야?"

"도망가! 도망가!"

조의도가 총으로 지수의 머리를 내리치자 지수는 그대로 정신을 잃었다. 조의도는 겁을 주려고 총을 쏘았다.

"빨리 잡아!"

어둠 속에서 달수는 달렸다. 골목을 잘 알고 있던 달수는 샛길을 통해 빠져나갔다. 조의도 부하들의 소리가 바로 뒤에서 들려오는 것 같았다. 달수는 이를 악물고 골목과 골목 사이를 뛰었다. 잡아, 외치는 소리가 저승사자의 목소리처럼 들려왔다. 달수는 돌담 사이로 몸을 비집고 들어갔다. 돌담 사이를 지나가는 바람 소리가 윙윙거리며 달수의 헐떡이는 숨소리를 숨겨줬다. 다행히 쫓는 소리가 멀어지고 있었다. 분한 조의도는 허탕을 치고 돌아온 부하들의 정강이를 걷어 찼다.

"이년은 어떻게 할까요? 그냥 사살할까요?"

"아니야, 이년에게는 더 좋은 곳이 있지."

지수는 감옥에 끌려가 고문을 당하고 다시 폭행을 당했다. 그러나 지수는 전과 같이 절망이라거나 죽음을 생각하지 않았다. 이 죽음의 시간이 지나가면 언젠가는 희망이 찾아올 것이고 얼음이 녹은 자리 에서 물이 흐르고 다시 꽃이 피고 푸른 숲이 우거질 것이라는 희망 때문이었다. 지수는 감옥에서 겨울을 참고 견디면서 자신에게 주어 진 고통을 잘 감내하고 있었다. 달리 갈 데가 없는 달수는 호철이가 있는 중산간마을로 올라갔을 것이다. 그곳에서 잘 이겨내고 있을 거 란 생각이 들었다. 희망은 여전히 남아 있었다.

봄이 되자 감옥으로 들어오는 달수를 보고 지수는 울음을 터트렸 다. 하지만 주저앉지 않았다. 죽지 않는 한 희망은 여전히 남아 있 었다.

"달수야. 왜 그래, 왜 그러고 멍하니 서 있어?"

"누나, 이제는 정말 어떻게 해야 할지 모르겠어."

"달수야, 정신 차려."

"누나……."

"희망을 놓으면 안 돼. 이거 받아. 종이로 만든 달이야. 꼭 목에 걸고 있어."

고개를 끄덕이는 달수의 눈은 공허했다. 지수는 그날 밤 내내 울었다. 지수는 달수가 감내했을 고통을 생각하며 울었다. 그날부터 지수는 달수를 기다렸지만, 달수를 자주 볼 수는 없었다. 일하러 갈 때나 햇볕을 쬐러 나갈 때 잠깐잠깐 얼굴을 볼 수 있을 뿐이었다. 지수는 달수를 볼 때마다 웃어주려고 노력했다.

"달수야, 웃어."

"누나."

"달이 구름을 벗어날 때까지 참고 기다려야 해. 알았지?"

"응."

"절대 포기하지 마."

달수가 고개를 끄덕였다. 그러던 어느 날 건우가 지수 앞에 나타났다. 지수를 보고 있던 건우의 얼굴에 슬픔과 괴로움이 묻어 있었다. 간수가 없을 때 건우가 지수한테 다가왔다.

"지수, 당신이 왜 여기에 있는 거요?"

"그건 내가 묻고 싶은 말이에요. 다가오지 마세요. 난 당신을 믿을 수 없어요. 서청 대원들이 달수와 내가 있는 곳을 찾아왔어요. 달수는 도망쳤지만, 다시 잡혀 들어왔어요. 그동안 당신은 어디에서 무엇을 한 거죠?"

"미안하오. 내가 없는 사이 내 밑에 있는 대원들이 조의도에게 넘어갔소."

"그래서 이제 어떻게 할 작정이죠?"

"달수와 당신을 빼낼 작정이오."

"뭐라고요?"

"내가 구할 수 있는 사람은 다 구해볼 생각이오."

"무슨 수로요?"

"우선 내가 가진 돈과 힘을 모두 이용할 생각이오."

"우리를 빼내기 위해서?"

"그렇소, 그러니 조금만 더 참아주시오."

"그 말을 믿으라는 건가요?"

"믿어주시오. 두 번의 실수는 없소."

지수는 건우를 바라보았다. 섣불리 믿을 수 없었다. 그가 거짓말을 하는 것 같지는 않았으나 그렇다고 그의 말에 희망을 걸 수도 없었다. 건우가 돌아가고 나서 며칠 뒤 연분은 감옥에 일을 보러 다녀갔다. 그때 지수는 연분을 보았다. 연분도 지수를 알아보았다. 동민과 길수, 그리고 지수와 연분이 서로 어울려 지내던 때가 엊그제 일처럼 지나갔다. 연분이 조금만 더 기다려달라는 듯 지수에게 신호를 보내왔다. 그래, 어쩌면 희망이 아직 남아 있을지도 모른다. 지수는 살아서 여기를 나갈 수 있을지 모른다는 생각이 들었다. 희망이 아직 꺼지지 않은 것이다. 지수는 희망을 껴안듯이 팔을 감싸 웅크렸다.

지수는 달수를 위해 그림을 그렸다. 달을 보고 웃고 있는 어린아이의 그림이었다. 그 옆에 자신과 연분 그리고 동민과 길수도 그렸다. 언젠가는 모두 모여 달을 보며 다시 희망을 이야기하고 싶었다. 지수는 달수가 잘 견뎌주기를 바랐다. 건우가 자신들을 살리겠다고 약속했으니 어쩌면 정말 이 감옥을 나갈 수 있을지 몰랐다. 연분까지 온 것을 보면 건우의 말이 거짓말이 아닐 것이란 생각이 들었다. 지수는 살아보고 싶었다. 살아서 다시 희망을 말하고 싶었다. 둥근 달을 바라보던 지수의 얼굴에서 희미하게나마 웃음이 돌아났다.

조의도는 박건우를 경계하고 있었다. 박건우는 조의도를 돕기 위해 왔다고 했지만 조의도는 그 말을 믿을 수 없었다. 그렇다고 자신을 찾아온 건우와 앙숙이 될 필요는 없었다. 건우를 따르는 부하 녀석들도 꽤 있었다. 녀석의 의도가 무엇이 되었든 미리 경고는 해두어야 했다. 박건우가 관심을 보였던 여자애가 지수라고 했다. 조의도는 감옥 안에서 일어나는 모든 일을 얼마든지 주무를 수 있었다. 자신이 누구인가. 이름만 들어도 떤다는 조의도 아닌가.

"이봐."

"네, 대장님."

"오늘 밤에 지수가 있는 감방 안으로 누구도 접근하지 못하도록 해."

"넵!"

조의도는 일을 조용히 끝내고 싶었다. 부하들을 시켜 일을 처리하면 말이 나오기 마련이었다. 이쯤에서 건우에게 경고를 확실하게 해주어야 했다. 조의도의 말을 거역하거나 반항하면 모두 죽는다는 것을. 내부의 분란은 상부에도 좋지 못한 인상을 줄 것이니, 조의도는 건우와 싸우는 모습을 보여서는 득이 될 것이 없다고 판단했다. 건우 스스로 포기하게 하는 것이 상책이었다. 그래도 안 된다면 그때 건우를 죽여도 늦지 않았다.

밤이 이슥해지자 조의도는 밧줄을 들고 감방 안으로 들어갔다. 지수는 자고 있었다. 빨리 끝내야 했다. 무슨 기척을 느꼈는지 지수가 몸을 움찔거리더니 눈을 떴다. 조의도는 두 손으로 지수의 목을 눌렀다. 갑자기 목이 졸린 지수가 놀란 눈으로 조의도를 바라보았다. 지수의 눈과 마주친 조의도는 흠칫, 놀라기는 했으나 손에 더 힘을 주었다. 빨리 끝내야 했다. 지수의 손이 조의도의 팔을 잡았지만 조의도를 떨쳐낼 수는 없었다. 지수의 손이 조의도의 어깨를 한 번, 또한 번 치다가 힘없이 떨어졌다. 차츰 지수의 눈이 초점 없이 흐려졌다. 조의도는 그 눈을 바라보지 않기 위해 눈을 감았다. 손에 더 힘을 주었다. 지수의 숨이 끊어졌다는 것을 알면서도 조의도는 지수의 목을 누른 채로 한참을 있었다. 조의도는 태어나 처음으로 무섬증을 느꼈다. 조의도는 지수의 목에 밧줄을 걸어 기둥에 매달았다. 그리고 서둘러 방에서 빠져나왔다.

약효가 떨어지자 김 박사의 의식은 뿌연 안개처럼 흐려졌고 떠오

르던 기억은 다시 깊게 가라앉았다. 문이 닫혔다. 잠에서 깬 김 박사
는 꿈속의 일들을 기억하지 못했다.

조 원장의 정체

조 원장은 지금까지 김 박사와 미영을 관찰한 일지를 바라보았다. '과거로의 여행'은 의미가 있었다. 일단 김 박사의 내면에 있는 박건우의 인격을 불러올 수 있다는 가능성만으로도 성공이었다. 조 원장은 책상에 올려져 있는 아버지 조의도의 사진을 보았다. 이제 거의 다 왔다. 이 순간을 위해 얼마나 기다렸는가. 조 원장은 사진을 바라보며 지난 시간을 떠올렸다.

"이자가 맞아?"

호철의 몽둥이에 얻어맞아 어깨뼈가 어긋난 사내가 피를 흘리면서 고개를 끄덕였다. 조 원장은 사내 앞으로 내밀었던 사진을 바라보다가 씩, 웃고는 지갑에 집어넣었다. 아버지 조의도에게 협박 편지를 보내도록 사주한 사람은 박건우였다. 협박 편지를 보낸 이 사내를 찾기 위해 조 원장은 많은 돈과 시간을 들였다.

박건우에게 사진을 받은 아버지 조의도는 줄담배를 피워댔고 결국 폐암으로 죽었다. 어머니는 마지막까지 아버지를 붙잡고 있는 끈이었다.

"그만 좀 태우세요."

"이거라도 안 태우면 잠이 안 와서 그래."

"이제 손주도 있는데 그만 끊으시면 안 돼요? 다른 집은 다들 담배를 끊는다더니만."

"조용히 못 해! 또 그놈의 잔소리."

"에구, 철민이가 건강 검진받으러 오라니까 언제 날 잡아서 가보세요."

"엠병, 검진은 무슨?"

조의도는 담배를 물고 밖으로 나갔다. 그동안 살아온 삶이 연기처럼 사라지고 있었다.

서북청년단은 다른 단체로 이름을 바꾸었고 조의도 자신은 그 단체에 간부로 들어가 활동했다. 지금도 조의도 한마디면 아들 철민이는 어느 곳이든 거들먹거릴 수 있는 한 자리 잡을 수 있었다. 하지만 철민은 의대, 그것도 정신과를 희망하고 있었다. 조의도는 철민이를 자신의 영향 밑에 있는 고등학교로 전학시킨 다음에 성적을 조작했다. 조의도가 보기에 정신과는 돈이 되지 않은 것 같았으나 그래도 나름대로 전망 있는 의료 사업으로 번창하고 있었다. 조의도가 힘만

실어주면 어디 가서 구박은 당하지 않을 것 같았다. 조의도는 지금의 자리에 오르기 위해 얼마나 많은 이들을 두들겨 패고 죽이기까지 했는지 지난 시간을 돌아보았다. 보상 없이 일하는 사람은 멍청한 인간이었다. 그만큼의 보상이 주어져야 했다. 조의도는 나라를 위해 충성했고 그 대가를 받은 것이다. 나라에 반기를 든 놈들은 두들겨 패고 죽여도 무방하다고 나라에서 승인했고 부추겼다. 담배 한 모금을 빨아 후-, 허공에 뱉어냈다. 똥을 치워주는 자신과 같은 이들이 없었으면 지금의 권력이 가당키나 했을까. 권력이 아쉬운 자들은 조의도를 찾았고 폭력을 사주했고 대가를 지불했다. 구린 데는 구린 돈이었다.

　그러나 제주에서의 일은 아무래도 꺼림칙했다. 너무 많이 죽인 것이다. 무고하든 말든 일단 많이 죽이면 상을 받았으니 너도나도 잡아다 족쳤다. 책상 위에서 명령 내리는 사람은 따로 있었고 실제 빨갱이들을 잡아다가 죽이는 놈은 또 따로 있었다. 쏴 죽이라고 명령하는 것과 직접 사람을 쏴 죽이는 것은 다른 문제였다. 궂은일은 쏴 죽이는 자의 몫이었다. 조의도는 그런 궂은일이라 해도 상관없었다. 그 대가가 중요했다. 약속된 보상이 주어지지 않으면 몽둥이를 들고 찾아가 협박을 했다. 한번 엎어버리고 나면 대우가 달라졌기 때문에 뭐든 힘이 있어야 한다는 생각이 굳어졌다. 힘은 무기이고 그 힘은 조직에서 나왔다. 야당 의원들을 손봐달라는 부탁도 있었다. 병원행을 원하는 경우가 많았는데 확실하게 쐐기를 박는 방법이었기 때문이었다. 대가는 선불로 받았다. 뒷간에 들어갈 때와 나올 때가 다른 것이 사람의 마음이었다. 경찰도 알고 있었으나 눈을 감아주었다. 조의도는 일을 처리하는 데 항상 실력이 좋은 애들을 준비시켰다. 실수라도 있게 되면 골치가 아팠기 때문이다.

조의도는 이런 일을 계속할 수 없다는 것을 알고 있었다. 그래서 가만히 앉아만 있어도 정부의 지원금이 굴러들어오는 정부 산하기관장 자리를 꿰찼지 않은가. 조의도는 의기양양했지만, 그런 와중에도 협박 편지는 계속 날아들었다. 조의도는 무시했지만, 사진에 찍힌 장면들은 조의도를 압박하기에 충분했다. 조의도가 저지른 일을 찍은 사진은 물론 비위 사실도 기록되어 있었다. 처음에는 무시했지만, 지위가 올라가자 신경을 쓰지 않을 수 없었다. 누가 이런 협박 편지를 보내는 것일까. 분명 조의도 주변에 있는 인물이었다. 박건우를 의심해보지 않은 것은 아니었으나 지금 박건우는 어디에 있는지 행방을 알 수 없었다. 조의도는 담배 피우는 양이 늘어났다. 뭔가 가슴에 무겁게 내려앉는 것들을 담배 연기에 모두 실어 보내고 싶기도 하고 묵은 기억을 탈탈 털어버리고 싶기도 했다. 협박 편지가 어디서 온 것인지 조사를 시켰으나 찾을 수가 없었다. 용의자는 일반 우체통에 넣고 사라졌고 대전, 인천, 때론 부산에서도 사진이 담긴 편지가 도달했다. 누굴까. 찾을 수가 없었으나 분명 자신을 알고 있는 사람이었다. 암 진단을 받고 얼마 후에 철민이를 불러 그동안 받은 사신과 편지 내용을 모두 보여주었다.

"철민아, 아버지한테로 온 협박 사진과 기록들이다. 뭘 요구하는 것도 아니고, 암튼 이놈은 분명 제주에서의 일과 관련이 있을 것이다."

"제주에서의 일이라면요?"

"4·3 사건 때 이 조의도는 제주에 있었다. 그리고 나라를 위해 일했다. 그런데 어떤 정신 나간 놈이 이 조의도에게 복수를 하겠다고 협박을 하고 있다. 이 사진에는 내가 제주도에서 한 일들이 담겨 있다. 이놈은 신문에 이 사진들을 보내겠다고 협박만 했지 정작 실행하지도 그렇다고 돈을 요구하지도 않았다. 이 사진들이 언론에 노출된다면 내 명예는 큰 타격을 입을 것이니 어떻게든 이 사진들과 필름, 자료들을 모두 찾아 불태워야 한다. 그리고 놈을 죽여라!"

"네, 알겠습니다. 아버지를 위협했다면 나중에 저한테도 위협이 될 것입니다. 아버지에게 위험인물이면 저에게도 마찬가지입니다."

"맞다. 철민아, 네 말이 맞아. 저기 있는 상자를 가져오너라."

상자에는 수표 다발과 권총 두 자루가 들어 있었다.

"돈은 네가 알아서 써라. 그리고 권총은 내가 그놈의 머리에 쑤셔 박으려고 놔둔 거다. 네가 나를 대신해서 놈을 죽여라. 다시 한번 말하지만, 필름과 사진들은 찾아서 꼭 불태워 없애야 한다."

"꼭 그렇게 하겠습니다."

철민은 아버지 조의도의 눈을 보면서 비릿한 웃음을 지었다. 이제 철민의 세상이 온 것이다. 아버지 조의도의 배경을 이용할 줄 알

만큼 조철민은 영리했다. 그건 어렸을 때부터 습득된 결과였다. 철민은 엄격하고 가부장적인 조의도에게 어렸을 때부터 맞고 자랐다. 조철민이 말대꾸라도 하면 여지없이 조의도의 주먹이 날아왔다. 아버지의 말에는 무조건 복종해야 했다. 조의도는 아들의 훈육에 항상 약육강식을 강조했다. '힘 있는 놈이 되어야 한다.' 철민은 아버지 앞에 서면 주눅이 들어 한마디 말도 하지 못했다. '힘'이 전부였다. '힘'을 가지기 위해서는 힘이 없는 놈들을 눌러야 했다. 철민이 밖에서 맞고 들어오면 못난 놈이 애비 망신시킨다고 조의도는 더 심하게 매를 들었다. 철민은 살아남기 위해 힘이 없는 친구들을 때리고 괴롭혔다. 친구들을 때리고 발로 밟자 철민은 왠지 모를 쾌감이 밀려왔다. 맞은 애들의 부모들이 달려왔지만, 아버지 조의도는 그들에게 오히려 큰소리를 쳤다.

"애들 싸움에 부모들이 왜 나서, 나서길. 그리고 여기가 어딘 줄 알고 와, 어딘 줄 알고. 나 조의도야, 조의도! 억울하면 고소해, 고소!"

철민은 오히려 조의도에게 잘했다는 칭찬을 듣자 점차 성격이 비뚤어지기 시작했다. 철민은 성격이 점점 괴팍스러워지고 아이들을 괴롭히는 것도 지능적으로 변해갔다. 그리고 언제부턴가 혼잣말하는 버릇이 생겼는데 그가 조용하게 무언가를 말하면서 비릿하게 웃을 때면 그 모습을 보던 사람들은 알 수 없는 소름이 돋았다. 조의도는 아들이 비뚤어져가는 것을 알지 못했고 철민은 나이를 먹으면서 아버지가 가진 힘을 교묘하게 이용하기 시작했다.

방으로 돌아온 철민은 킬킬거렸다. 이제 아버지는 죽는다. 이 집 재산을 차지하고 마침내 정글의 왕이 되는 것이다. 힘, 그 힘이 아버지 조의도한테서 자신에게로 옮겨오고 있었고, 이제 아버지 조의도는 철민의 배경이 되어 사라질 것이다. 조철민의 세상이 오고 있었다. 구석에 앉은 철민이 계속 킬킬거렸다.

한 달 후에 조의도는 숨을 거두었다. 시간은 빨리 지나갔다. 철민은 의학 박사가 되었고 대한민국은 산업화 시대를 지나 정보화 시대로 접어들었다. 기술은 발전하여 전산화가 이루어졌고 정보는 돈 있는 자들에 의해 더 쉽게 유통되었다. 철민은 조의도에게 온 편지가 어디서 누가 보냈는지 패턴을 조사했다. 지역이 다르다는 것은 범인이 이동한다는 것이었고 이동을 정기적으로 한다는 것은 운송업에 종사하는 사람일 가능성이 컸다. 편지를 보내는 노선으로 운송하는 업체를 알아냈다. 택배 기사들의 데이터를 받아 기사 중에 편지가 날아든 시기에 일을 한 사람들을 찾았다. 그리고 마침내 유력한 용의자 한 놈을 찾아낸 것이다.

"얼마를 받기로 했어?"

"정기적으로 통장에 돈이 들어왔습니다."

철민은 녀석의 머리에 총알을 박아 넣는 대신 사고로 위장했다. 일부러 손에 피를 묻힐 필요가 없었다. 머리만 잘 쓰면 법망은 피해 갈 수 있었다. 녀석에게 술을 먹이고 교통사고로 위장하면 문제는 깔끔하게 해결되었다. 진범은 아버지의 동향 후배인 건우였다. 건우를 철민이는 '건우 아저씨'라고 불렀었다. 박건우를 찾기 위해 철민은 전국을 뒤질 만큼 다 뒤졌는데 어이없게도 박건우는 정신병자가되어 제주도에 숨어 살고 있었다. 조철민은 정신병자가 된 박건우를더 쉽게 죽일 수 있다는 생각에 킬킬거렸다. 그러나 쉽게 죽이는 것은 시시했다. 박건우 자신이 누구의 손에 죽는지도 모르고 죽는다면재미가 없었다. 그리고 아직 박건우가 숨기고 있는 필름과 사진을찾지 못했다. 필름과 사진을 먼저 찾기 위해서라도 일단 박건우의정신을 원상태로 돌려놔야 했다.

조철민은 아버지 조의도의 사진 앞에 서면 주눅부터 들었다. 아버지가 살아 있을 때와 마찬가지로 아버지의 눈이 자신을 노려보고 있었다. 그럴 때면 조철민은 귀신 들린 듯 몸을 떨면서 아버지 사진 앞에 무릎을 꿇었다.

"아버지, 걱정하지 마세요. 잘할 자신 있어요. 그렇게 보지 마세요. 제가 다 계획을 세워놨어요. 정말이에요. 아버지도 마음에 드실거예요. 범인이 아버지의 후배 박건우였다는 것을 아버지가 아셨다면 기절초풍하셨을 거예요. 그러니까 건우 아저씨가 아버지 사진을몰래 찍고 모았던 것이지요. 아주 지능적이에요. 사진이 정기적으로배달되었다고 하니까. 분명 공범자가 있을 거예요. 건우 아저씨를죽여버리면 그 공범자가 사진을 배포할 수도 있잖아요. 이참에 싹을잘라야겠어요. 아버지도 마음에 드시죠. 그때까지만 참아주세요. 건우 아저씨를 아버지께 보내드릴 시간이 이제 얼마 남지 않았어요. 히히."

조철민은 아버지의 그림자로부터 도망갈 수 없었다. 사진 속의 조의도는 눈을 부릅뜨고 박건우를 죽이고 사진을 찾아 불태우라고 말하고 있었다. 조철민은 아버지의 말을 잘 듣는 착한 아들이 되어야 했다. 그렇지 않으면 아버지가 다시 돌아와 몽둥이로 때려죽일 것 같았다. 아버지 조의도는 죽은 것이 아니라 조철민의 두려움 속에 살아 있었다. 조철민의 두려움과 우울증은 점점 병적인 것이 되어갔으나 겉으로 보기엔 조철민, 아니 조 원장은 모범적이고 존경받는 정신병원 원장이었다.

처음 제주에서 조철민이 정신병원을 정식으로 개업할 때는 꿩 먹고 알 먹는 사업이었다. 없는 정신병자들도 입원시켜 정부의 보조금을 받아 사업을 확장했다. 조 원장은 병원 운영이 안정되자 일단 연분이란 여자를 찾아가 박건우를 자신이 잘 돌봐주겠다고 설득했다. 다행히 아버지 조의도 앞에서 익숙해진 연기가 효과를 발휘했다. 아버지가 처음으로 고마웠다. 아버지 앞에서 우는 연기를 하지 않았다면 무릎을 꿇고 우는 장면을 그렇게 실감 나게 하지는 못했을 것이다. 조 원장은 모든 것이 순조롭게 잘 풀려나가는 것이 기뻤다. 그런데 정작 문제는 박건우였다. 박건우는 이중인격이라기보다는 정신분열에 가까웠다. 그래서 아버지 조의도가 한 것처럼 방에 가둬놓고 두들겨 팼다. 그렇게 두들겨 맞은 박건우는 자기학대를 시작했다. 긴장한 조 원장은 박건우를 가두고 실험실의 쥐처럼 관찰했다.

아버지의 심부름꾼인 호철을 불렀다. 호철은 아버지가 죽으라면 죽는시늉까지 하는 사람이었고 대를 이어 충성하고 있었다. 호철은 4·3 때 죽은 사람들의 사진을 보여줘서 박건우의 정신을 뒤흔드는 것은 어떠냐고 조 원장에게 말했다. 사진이 강력하게 과거의 기억을 불러온다는 것이었다.

조 원장은 호철의 말을 듣고 처음에는 웃었으나 일면 타당하다는 생각이 들었다. 과거의 기억으로부터 고통을 받게 한다는 것은 얼마나 창의적인가. 과거를 대면하게 하다니. 과거의 기억이 박건우에게 고통을 가져다줄 것이다. 조 원장은 짜릿한 쾌감을 느꼈다. 박건우의 정신병 증상이 심해질 수도 있었으나 그런 것은 아무렇지도 않았다. 아무렴 어떤가. 이곳은 정신병원이었다. 누가 뭐라고 하면 치료를 목적으로 했다고 하면 그만이었다.

"좋아, 과거의 고통 속으로 몰아넣자."

다음 날부터 박건우의 방에 4·3의 학살이 담긴 사진으로 벽면을 도배했다. 날마다 악몽에 시달리는 건우의 고통스러운 신음 소리가 들려왔다. 그 소리를 들으며 조 원장은 아버지 조의도의 폐에서 올라오던 쌕쌕거리는 소리를 떠올렸다. 폐암의 고통은 참기 힘든 고통이어서 아버지 조의도는 가슴을 쥐어뜯었다. 항암 치료를 받던 아버지는 객혈과 가래, 호흡곤란으로 고통을 겪다가 머리가 깨질 듯이 아프다고 통증을 호소했고 급기야 오심과 구토를 연발했다. 그때의 일을 상상하고 조 원장은 킬킬거렸다. 아버지 조의도가 가장 참기 힘들어하는 고통은 가슴을 쥐어뜯는, 폐로부터 도달하는 고통이었다. 이 모든 고통이 직접적이지는 않더라도 박건우에게 간접적인 책임이 있었다. 건우 아저씨도 아버지와 같은 고통을 당해야 했다. 아버지의 폐에서 쌕쌕거리는 소리와 박건우의 신음 소리가 조 원장의 머릿속에서 묘한 리듬이 되어 박자를 맞추고 있었다. 조 원장은 새로운 용어를 발견한 것처럼 흥분했다. 이 얼마나 아름다운 조화인가. '고통의 하모니!'

그런데 과거 속에서 신음하던 박건우가 돌연 과거의 기억을 지워버리는 것이 아닌가. 박건우는 철저하게 과거의 기억을 지우기 시작했다. 심지어 다음 날이면 오늘 매를 맞은 사실도 기억하지 못했다. 그러더니 자신의 성을 박에서 김으로 바꾸고 정신과 의사가 되었다. 더 심하게 몽둥이로 때려보았으나 마찬가지였다. 철민은 재미가 없어졌다. 이제 박건우를 괴롭히는 사진들이 아무런 고통을 주지 못했다. 박건우는 살기 위해 진화라도 하는 듯이 자신의 기억을 모두 지우고 새로운 세계를 만들어냈다. 중요한 문제는 사진과 필름을 찾을 수 없다는 것이었다. 조 원장은 그때서야 연분을 잊고 있었다는 사실을 떠올렸다. 연분을 죽인다고 하면 분명 박건우는 필름과 사진을 내놓을 것이다. 그러나 문제는 박건우가 연분을 몰라본다는 것이었다. 정말 그런지 연분을 박건우와 만나게 해보았으나 몰라봤다. 낭

패였다.

박건우가 창조한 그 세계에서 박건우는 정신과 의사였다. 김건우 정신과 박사! 조 원장이 보기에 미쳐도 이런 미친놈이 없었다. 박건우가 자신의 세계에서 행복하게 사는 것을 참을 수 없었다. 조 원장은 박건우를 당장 죽여버릴까 생각도 했지만, 마음을 고쳐먹었다. 그러면 박건우가 숨겨놓은 사진과 필름을 찾지 못할 것이고 어딘가 있을 공범이 그의 죽음을 알고 사진을 언론에 공개라도 하면 지금까지의 노력이 물거품이 되고 말 것이다. 그러면 아버지 조의도가 저승에서 화를 낼 것이다. 그런 일이 일어나게 할 수는 없었다.

조 원장은 박건우가 제정신으로 돌아오면 연분을 알아볼 것이란 생각이 들었다. 그러면 일은 자연스럽게 풀리게 되어 있었다. 조 원장은 박건우의 기억을 돌려놓기 위해 새로운 실험을 기획했다. 그것이 '과거로의 여행'이었던 것이다. 학술지에 실린, 뭔가 있어 보이는 제목이었다. 외국에서 시도하고 있는 프로그램으로, 여행을 통해 자신의 자아와 만나는 것을 목적으로 하고 있었다. 조 원장은 학술지에서 소개한 대로 전략을 짰다. 그 전략 중의 하나가 정 박사였다. 정 박사를 알게 된 것은 순전히 박건우 때문이었다. 박건우는 자신이 정신과 의사 김건우 박사라고 하면서 버젓이 정신과학회지를 펼치고 있지 않았던가. 김건우 박사는 그 학회지에 실린 정미영 박사 사진을 오려 책상과 벽에 붙여놓을 정도로 관심을 보였다. 조 원장은 권련 교수에게 전화를 넣어 정 박사를 소개받고 싶다고 했다. 그리고 연분. 부산에 있는 건우의 아내에게는 말썽이 없게 미리 전화를 넣었다.

"그럼, 치료가 가능하다는 말인가요?"

"그렇습니다. 대부분은 아니지만, 이 방법은 학회에도 보고가 될 정도로 가능성이 있습니다."

"그렇다면 저도 최선을 다해 돕겠습니다."

"대신 누가 전화하든, 누가 찾아가든 모두 저한테 알려주셔야 합니다. 지난번 환자의 상태를 보셨으니 제 말의 의미를 이해하시겠지요?"

"알겠습니다. 건우 씨가 그만 고통받았으면 좋겠어요."

"그래야지요. 고통에서 숨는다고 고통이 사라지지는 않으니까요."

"건우 씨를 정상으로 돌아오게 할 수만 있다면 저는 원장님이 시키는 대로 하겠습니다."

조 원장은 박건우가 더 고통을 받아야 한다고 생각하며 비릿하게 웃었다. 김건우 박사를 박건우로 돌려놔야 했다. 연분을 먹잇감으로 삼아 사진을 찾으면 박건우라는 골칫덩어리를 제거하는 일은 식은 죽 먹기였다.

조 원장은 손에 들고 있던 담배를 구겨버렸다. 담뱃가루가 바닥에 떨어졌다. 너무 방심하고 있었다는 생각이 들었다. 김 박사가 잃어버린 기억을 찾을 때까지만 이용할 생각이었는데 미영이 너무 깊이 들어온 것이다. 이제 덩굴을 걷어내듯이 낫으로 쳐내야 했다. 슬슬 마지막 카드를 쓸 시간이 다가오고 있었다. 어차피 오래 두고 갈 싸움은 아니었다. 이쯤에서 끝을 내야 했다.

조 원장은 병원으로 돌아와 아버지가 남기고 간 권총을 만져보았다. 차가운 금속성의 감촉을 느끼며, 조 원장은 모두 함께 보내주겠다고 중얼거렸다. 미영의 죽음은 조금 안타까웠으나 잘못 걸려든 운명이라고 생각했다. 뒤처리는 호철에게 맡기면 그만이었다. 한 50년 정도 바닷속에서 떠오르지 않으면 귀신도 모를 것이다. 만일 일이 잘못되더라도 정신병자가 권총을 쏴서 아내와 정 박사를 죽이고 자살한 것으로 일을 꾸미면 그만이었다. 피의 광기랄까. 조 원장은 이제 아버지 앞에 떳떳하게 술을 따를 수 있을 것 같았다. 그리고 나면 아버지 사진을 책상에서 치워버릴 생각이었다.

새로운 카드

　　　　　　　잠에서 깨어난 김 박사는 습관처럼 물을
틀고 샤워를 했다. 왜 샤워를 해야 하는지 알 수 없었지만, 샤워 중
에 구토증이 올라와도 샤워하고 난 다음에는 정신이 개운해졌다. 마
치 괴물에게 하루를 잡아먹혀야 다시 태어나는 내일이라는 요정처
럼 몸을 씻어야 새로운 날이 오는 것 같았다. 지난밤에 무슨 꿈을 꾼
것 같은데, 기억이 나지 않았다. 식당에 내려가 아침 식사를 하고 바
다를 둘러보았다. 바다에서 불어오는 바람에 구토증이 올라왔다. 김
박사는 모래밭에 놓인 의자에 몸을 놓았다. 잠시 후, 구토증이 잦아
들자 피곤이 몰려왔다. 잠에 빠져들었다.

　　김 박사는 지수를 보았다. 지수가 안고 있던 아기가 옹알이했다.
아기가 눈을 말똥하게 뜨고서 김 박사를 바라보았다. '아기의 눈처

럼 맑은 눈이 세상에 있을까.' 생각하며 김 박사는 아기한테 다가갔다.

"이 애가 내 딸이오?"

"그래요, 당신의 딸이에요. 자, 안아보세요."

"내가 안아도 되겠소?"

"당신의 딸이라니까요. 자, 안아보세요."

팔에 안긴 아기가 하품을 했다.

"하하, 고 녀석. 참 예쁘기도 하다."

아기를 보다가 잠이 든 것 같았는데 밤중에 들려오는 신음 소리에 일어났다. 누군가 지수의 목을 조르고 있었다. 겁에 질린 김 박사는 꿈속에서 지수의 목을 조르고 있는 또 다른 김 박사를 바라보고 있었다. 말리려고 소리치고 주먹을 휘둘렀지만 정작 꿈속의 김 박사는 아무것도 할 수 없었다. 자신의 꿈속에 들어온 다른 김 박사였다. 김 박사는 지수의 목을 조르는 김 박사에게 달려들었지만, 김 박사의 몸은 다른 김 박사의 몸을 통과해버렸다. 김 박사의 외침과 몸부림은 아무런 영향을 미치지 못하는 그림자에 불과했다.

"넌 이렇게 행복하면 안 돼!"

"여보, 여보!"

"행복한 모습을 참을 수 없어. 너는 위선자야, 너는 가식덩어리야. 죽여버리겠어, 죽여버리겠어, 너 같은 민족의 암덩어리는."

"여보, 어 ……."

김 박사는 지수의 목을 조르고 있는 김 박사를 향해 소리쳤다.

"안 돼!"

그 소리를 들었는지 다른 김 박사가 김 박사를 돌아보면서 말했다.

"네가 죽였어."

의자에서 벌떡 일어난 김 박사는 여기가 어디인지 알 수 없었다. 오한이 든 김 박사는 식당에 들어가 벌컥벌컥 물을 들이켰다. 김 박사는 식당 건물 모서리에 쭈그리고 앉아 담배를 피웠다. 아내 지수를 죽인 범인은 자신이었다. 살인자! 김 박사는 머리를 쥐어뜯으면서 신음을 토했다. 몸을 웅크리고 고개를 숙였다. 어디선가 피 냄새가 올라왔다. 김 박사는 상처 입은 짐승처럼 속울음을 토해내면서 울었다. 자신이 지수의 목을 조른 것이다.

늦게서야 일어난 미영은 자료를 정리했다. 전화벨이 울렸다. 연분이었다.

"미안해요, 박사님. 갑자기 전화를 드려서."

"아니에요. 선생님 무슨 일이신데요?"

"내일 원장님이 파티를 여신다며 꼭 참석하라고 해서요."

"파티요?"

"네, 박사님도 가시나요? 무슨 일이 생긴 것은 아닌지 염려가 돼서 전화를 드렸어요."

"저는 조 원장님으로부터 그런 연락을 받지 못했어요. 그럼, 선생님께서는 내일 오시나요?"

"네, 내일. 꼭 와야 한다고 해서요. 내일 건우 씨의 정신이 정상으로 돌아올 수 있다고 했어요. 분명 그렇게 말했어요. 이번 실험으로 많은 진전이 있었다고 했어요. 저도 보고 싶어요. 건우 씨가 어떤 상태인지 이제 확인을 해야겠어요."

"네, 알겠습니다. 그럼 내일 뵙겠습니다."

미영은 일단 전화를 끊었다. 조 원장한테 무슨 꿍꿍이가 있지 않고서야 연분을 부를 이유가 없었다. 미영이 몰래 연분을 만난 사실을 조 원장이 알고 있는 것이 분명했다. 뭔가 다급해졌음이 틀림없었다. 애초에 세운 조 원장의 계획이 틀어진 것일까. 그래서 서둘러서 계획을 실행하고자 하는 것일까. 그 계획이 파티? 하지만 파티라니……. 미영은 꼬리에 꼬리를 무는 의문을 풀기 위해 생각을 하며 서성거렸다. 무엇을 위한 파티일까. 그 파티를 위해 연분을 불렀다면 그 자리에는 호철도 올 것이다. 이건 뭔가 심상치 않았다. 미영의 마음을 읽기라도 하듯 김 박사와 미영을 파티에 초대한다는 조 원장의 전화가 걸려왔다. 일단 김 박사와 함께 파티에 가겠다고 대답을 했지만, 불길한 느낌을 지울 수 없었다.

김 박사가 방으로 들어가는 모습이 보였다. 방문을 두드렸다. 대답이 없었다. 미영은 전화를 걸었다. 몇 번의 전화 끝에 김 박사가 전화를 받았다.

"박사님, 괜찮으세요?"

"아, 몸이 피곤해서요. 좀 쉬려고 합니다."

"어디 편찮으신 것은 아니세요?"

"그런 것은 아니에요. 이만, 내일 얘기합시다."

"잠깐만요. 박……."

"딸깍."

미영은 김 박사의 목소리가 이상하다는 것을 바로 알아챘다. 목소리가 떨리고 어딘가 흥분된 어조, 그리고 평소답지 않은 말투로 보아 분명 김 박사에게 무슨 일이 생긴 것이다. 미영은 다시 방문을 두드렸다.

"박사님, 저예요. 미영이에요, 박사님."

문을 두드린 지 한참 만에 김 박사가 걸어 나오는 소리가 들리더니 문이 열렸다.

"무슨 일이오. 나는, 피곤해서…… 내일 얘기하면 안 될까요?"

"잠깐이면 돼요. 박사님."

"제가 좀 피곤……."

김 박사는 문 앞에서 그대로 쓰러졌다.

"박사님!"

미영은 김 박사를 침대에 눕히고 안정을 취하게 했다. 다행히 맥박이 정상으로 돌아오고 있었다. 김 박사의 상태로 보아 쇼크를 받은 모양이었다. 이 상황에 쇼크라니. 미영은 김 박사가 깨어나기를 기다리며 책상에 앉아 노트에 '파티, 김 박사, 연분, 조 원장'을 써넣고 생각에 잠겼다. 그 모든 의문점을 풀 열쇠는 조 원장이 가지고 있었다. 조 원장의 가면을 벗길 사람이 누굴까. 조 원장의 의도를 가장 잘 파악하고 있는 사람은 호철이었다. 하지만 호철은 미영에게 협조하지 않을 것이다. 그러나 조의도가 호철에게 가한 폭력의 실상을 안다면 호철이 지금처럼 조 원장에게 협조를 할 수 있을까. 일단 부딪쳐봐야 했다. 미영은 호철의 연락처를 쥐고 누워 있는 김 박사를 보았다. 잠깐이면 될 것이다. 미영은 조용히 문을 열고 나섰다.

"이 저녁에 나를 다 보래 오시고, 게난 무신 일이우꽈?"[1]

"궁금한 것이 있어서요."

"물어봅서."

"조의도 씨가 당신에게 무엇을 해줬지요?"

"무신 말이꽈?"

"무엇을 해줬기에 조 원장의 일을 거들고 있는지 궁금해서요."

"나신디 해준 거 엇수다."

"당신이 애당초 서울에서 살지 않았다는 것도 알고 있어요. 여기

---

1 이 저녁에 저를 나 보러 오시고, 그래 무슨 일이십니까?

제주를 떠나지 않았다는 것을요."

호철이 미영을 노려보았다. 그 눈빛에는 '하룻강아지가 범 무서운 줄 모른다'는 가소로움이 묻어 있었다. 하지만 호철은 이내 눈빛을 고쳤다.

"무신 거 오해허고 이신 거 닮수다. 박사님, 저는 조 원장 그 사름허고 아무 인연도 엇수다. 그냥 도와달랜 허난 도와준 거뿐이우다. 환자덜 치료허고 싶댄 허난 제가 옆에서 협조허고 이실 뿐이라마씨."[2]

"그래서 거짓말을 했나요?"

"건 또 무신 말이우꽈?"

"난이에 관한 거짓말 말이에요."

"아, 건 기억이 오락가락헌 거우다. 아맹이나 그건 경 심각헌 것도 아니고, 아으들 장난 같은 것이었수다. 허허."[3]

"당신이 무슨 약점을 잡혔는지는 모르지만, 당신도 조의도의 피해자라는 사실을 알려주려 왔어요."

"피해자마씨?"

---

2 뭔가 오해하고 있나 보네요. 박사님. 저는 조 원장 그 사람과는 아무 인연도 없습니다. 그냥 도와달라고 해서 도와준 것뿐입니다. 환자들을 치료하고 싶다고 해서 제가 옆에서 협조를 하고 있을 뿐이라고요.
3 아, 그것은 기억이 오락가락한 거예요. 어차피 그것은 그리 심각한 것도 아니고. 애들 장난 같은 것이었으니. 허허.

"당신은 지금도 조의도의 망령에 갇혀서 그의 허수아비가 된 거잖아요. 그자가 시키는 일을 다 하고 그 아들한테까지 개처럼 일하고 있잖아요. 도대체 그게 뭐죠? 무엇이 그렇게 당신을 옥죄고 있는 건가요?"

미영은 일단 몰아붙여야 한다고 생각했다. 그러면 뭐라도 나올 것이다. 위기에 몰리면 몇 마디라도 토설할 테니까.

"당신이 알긴 뭘 알암수과. 제주에선 말이우다, 당신 닮은 철부지덜은 알지 못허는 일이 일어나서. 그까짓 것들이 뭔디. 더 중요헌 건 가심이라. 가심에 기억이 박아정 이신 거라. 가심에 대못을 박는 거라고. 죽음의 공포가 무신 건지, 너넨 몰르지. 겪어보지 안 허영은 모르는 벱이라. 너네덜은 말로만 소리첨지. 그딴 거 다 필요 어서. 총 한 방이면 놀래영 도망갈 것덜이. 돌아가. 서울로 돌아가. 좋은 말 헐 때 나 말을 들어. 내 딸 같아서 하는 소리매."[4]

"그래서 박건우를 죽이려는 건가요?"

호철이 움찔했다. 뭔가 있었다.

---

4 당신이 알긴 뭐 알아. 제주에서는 말이야. 당신 같은 철부지들이 알지 못하는 일들이 일어났어. 그까짓 것들이 뭔데. 더 중요한 것은 가슴이야. 가슴에 기억이 남는 거라고. 가슴에 대못을 박는 거라고. 죽음의 공포가 뭔지, 너희들은 모르지. 겪어보지 않고는 모르는 법이야. 너희들은 말로만 소리치지. 그딴 거 다 필요 없어. 총 한 방이면 놀라서 다 도망갈 것들이. 돌아가. 서울로 돌아가. 좋은 말 할 때 내 말을 들어. 내 딸 같아서 하는 소리야.

"하하하, 무신 되도 아니헌 말을 허는 거라. 경허고 경 사느니 차라리 죽는 게 낫지 안 허크라. 정 박사. 나 말을 들어봅서. 조 원장은 당신이 생각허는 만큼 경 만만헌 상대가 아니우다. 당신은 이 일 허고는 상관이 어시난 이만이서 그만 손을 놓읍써. 이건 우리덜 일이우다. 돌아갑써. 내 마지막 호의우다."[5]

호철은 자리를 박차고 일어나 밖으로 나갔다. 호철의 눈빛이 주는 것은 경고였다. 미영은 호철의 반응을 보고 이 파티가 심상치 않다는 것을 알았다.

미영은 사진과 필름이 엉킨 사건의 실마리를 푸는 중요한 열쇠라는 것을 알고 있었다. 그 사진들이 조의도가 제주에서 저지른 일들을 담고 있다면 지금 벌어지고 있는 일들을 설명할 수 있었다.

미영이 숙소로 돌아오자 다행히 김 박사는 의식을 회복하고 있었다. 김 박사의 상태를 확인한 미영은 수건에 찬물을 적셔 김 박사의 이마에 얹었다. 그동안 김 박사가 받았을 충격은 충분히 이해가 갔다. 그렇지만 이렇게 쇼크로 쓰러질 정도로 김 박사의 정신력이 약

---

5   하하하, 무슨 되지도 않는 말을 하는 거야. 그리고 그렇게 사느니 차라리 죽는 게 낫지 않겠어. 정 박사. 내 말을 들으시오. 조 원장은 당신이 생각하는 만큼 그리 만만한 상대가 아니에요. 당신은 이 일과 관련이 없으니 이쯤에서 그만 손을 놓으시오. 이것은 우리들의 일이오. 돌아가시오, 나의 마지막 호의요.

했던가. 김 박사는 괴로워하고 있었다.

"박사님 정신이 좀 드세요?"

"아, 정 박사······."

정신을 차린 김 박사는 갑자기 눈물을 흘리기 시작했다.

살인의 기억

　　　　　　　　"박사님, 무슨 일이세요?"

　김 박사는 더는 견딜 수 없어 자신이 가진 모든 것을 놓아버리고 싶었다. 평생을 숨어서 살아갈 수는 없을 것이다. 김 박사는 자신의 손이 차가운 금속성이 느껴지는 살인자의 손이라며 두 손바닥을 들어 보이고 있었다.

　"정 박사, 내가 아내를 죽였어요. 내 아내 지수, 지수의 목을 내가 졸랐어요. 이 손으로 지수의 그 하얀 목을 졸랐어요."

　미영은 김 박사의 말에 당황했다.

　"박사님, 진정하세요. 그것은 꿈이에요, 꿈!"

　"아니에요. 정 박사. 생생했어요. 내가 임신한 지수의 목을 조르고 있었어요. 이 손으로, 이 손으로 지수의 목을 졸랐어요. 지수가 나를 쳐다보고 있었어요. 그 눈이 무서워요. 그 둥근 눈이 무서워요. 정

박사, 경찰을 불러줘요. 경찰을, 여기 살인자가 있다고, 흑흑, 살인
자가 있다고 말해주세요."

　미영은 울고 있는 김 박사를 진정시켰다. 미영은 김 박사가 어떤
기억을 가지고 이러한 세계를 만들었는지 궁금했다. 애당초 이 왜곡
된 기억은 박건우로부터 시작되었을 것이다. 박건우와 지수는 어떤
관계였을까. 그 기억들이 김 박사의 왜곡된 꿈으로 나타났을 것이
다. 지수는 난이의 분신일 가능성도 있었다. 난이는 토벌대의 총에
맞아 죽었다고 호철이 말했고 김 박사는 반대로 호철이 난이를 죽였
다고 말했지만 둘 다 확실하지 않았다. 사실 확인이 필요했다. 미영
은 제이슨 김에게 전화기를 들었다.

　"이 밤중에 무슨 일이세요? 그렇게 급한 거예요?"

　"급하지 않았으면 전화도 하지 않았을 거야."

　"이렇게 흥분하신 걸 보니 저도 호기심이 동하는걸요. 무슨 일이
신데요?"

　"자료가 필요해. 제주 4 · 3항쟁 때 죽은 아이 중에 목이 졸려 죽은
아이가 있는지 찾아봐. 그리고 혹시 토벌대의 총에 죽은 아이들 자
료가 있는지도."

　"농담하시는 거죠? 너무 방대해요. 그렇게는 찾을 수 없어요."

　"잠깐만. 이호철 씨가 중산간마을에 살았다고 했어. 중산간마을
난산리였어."

　"인제리고요?"

"1949년, 6월과 10월 사이. 범위를 조금 넓혀봐."

"찾는 자료가 없을 수도 있다는 거 아시죠?"

"알아. 하지만 있다면 최대한 빨리 찾아봐줘. 그리고 잠깐 하나 더, 혹시 그때 죽은 제주민 중에 지수라는 여자가 있는지도 알아봐. 기다리고 있을게."

"이 밤에 너무하신 거 알죠? 일단 알았어요."

지금은 모든 것이 데이터로 처리되어 있다지만 아무리 날고 긴다는 제이슨 김이라고 해도 예전의 자료를 찾기는 어려운 일일 것이다. 하지만 잘만 하면 그때 일어난 일의 실마리 정도는 건질 수 있을 것 같았다. 대체 무슨 일이 있었던 것일까. 달수가 난이를 죽였을까. 아니면 호철이 죽였을까. 달수가 죽였다면 건우와 연분의 정사 장면을 떠올렸을 것이다. 그래서 연분에 대한 분노가 난이에게 옮겨가 난이의 목을 졸랐을 것이다. 미영은 여러 가지 가능성을 생각했다. 달수의 기억이 김 박사의 꿈에서 지수의 목을 졸라 죽인 것일까. 김 박사는 아내 지수가 착하다고 했고 난이도 착했다고 했으니 연결점이 있었다. 또한 난이는 달수의 말이라면 다 들어주었다고 하지 않은가. 그러나 호철이 거짓말을 할 이유가 없었다. 무의식 상태에서 달수는 분명 호철이 난이를 죽였다고 하지 않았던가. 확실한 것은 아직 아무것도 없었다. 미영이 전화를 기다리는 동안 의자에 앉아 울던 김 박사는 잠이 들어 있었다. 미영은 김 박사를 침대로 데려가 눕혔다. 심신이 많이 약해진 것이다.

전화벨이 울렸다. 제이슨 김이었다.

"있어요. 하지만 이건 정상적인 루트가 아니라는 것은 알아두세요. 사건이 특이해서 보고서를 작성했나 봐요."

"특이해? 뭐가 특이하다는 거지?"

"정신이 이상하다고 적어놨어요. 군인들은 한 여자가 양손을 올려 뭔가를 빙빙 돌리며 달려오자 위협을 느끼고 총을 쏘았다고 해요. 나중에 보니 양손에 꽃을 든 아이였다고 해요. 아이의 엄마, 여기 있네요, 이순례 씨가 아이를 찾으러 와서 이름을 알았다고 합니다. 난이라고. 그게 전부예요."

미영은 순간 난이의 죽음이 복잡하게 엮여 있는 것을 알았다. 난이는 목이 졸려 죽은 것이 아니었다. 토벌군에게 달려가다가 죽은 것이다.

"그때 토벌군에게 죽은 비슷한 상황의 사람은 없어?"

"공식적인 기록에는 나와 있지 않아요. 하지만 그때 많이 죽긴 죽었나 봐요. 비공식적으로 죽은 사람도 엄청나고."

"공식적인 기록이 아니면 비공식적인 기록을 뒤져볼 수 있을까?"

"불가능하다는 거 아시죠?"

미영은 자신이 너무 무리하게 나가고 있다는 생각이 들었다. 하지만 지금은 앞뒤 가릴 상황이 아니었다. 난이의 죽음에 호철과 달수 모두 오해하고 있었다. 미영은 사건을 정리했다. 난이는 호철에게 목이 졸려 죽은 것이 아니라 잠시 기절했다. 그 장면을 달수가 본 것이고 달수는 호철이 난이를 죽였다고 생각한 것이다. 놀란 호철은 도망가고 달수는 난이에게 달려갔을 것이다. 점점 다가오는 토벌군의 총소리가 들리자 달수는 난이를 끌어 집 어딘가에 숨겨놓고 호철이 달려간 방향으로 갔을 것이다. 난이는 달수가 가고 난 뒤 깨어나 중산간마을로 들어온 토벌군에게 달려간 것이다. 이 내용을 난이의 엄마 이순례 씨가 진술했다면 조의도가 알았을 것이다. 그렇다면 조의도는 호철을 프락치로 계속 이용하기 위해 이 사실을 감춘 것이다.

호철과 달수는 그 후에 어떻게 되었을까. 미영은 당시에 일어난 상황을 생각해보았다. 두 사람은 각자 산속에 숨어 있었을 것이다. 하지만 먹을 것이 없어 결국에는 다시 해안으로 내려왔을 것이고 그때 조의도의 부하들에게 붙잡혀 감옥에 들어갔을 것이다. 그리고 호철은 다시 조의도에게 프락치 제의를 받고 살기 위해 승낙했을 것이다.

죄책감에 시달리고 있는 호철이 생각났다. 장장 50여 년을 자신이 저지르지 않은 살인으로 인해 고통받아온 것이다. 조 원장을 무너뜨릴 패 하나를 얻은 것이다. 이제 전화를 끊어야 했다.

"잠깐만요."

"왜?"

"지수라는 이름이 있어요."

"지수?"

"네. 찾아봐달라면서요? 제주도 인민위원회에서 활동하던 이동민이라는 사람한테 여동생이 있었는데 서청 대원들에게 집단 성폭행을 당했나 봐요. 그러다 무슨 일인지 다시 서청에 끌려가 폭행을 당하고, 결국 감옥에서 자살한 걸로 나와요."

"잠깐, 집단 성폭행이라고? 그게 기록됐을 리가 없잖아."

"이 자료는 4·3특별조사단의 기록에서 따온 거예요. 그냥 묻혀버릴 사건이었는데 이 사건을 기억하는 사람이 있었어요."

"그 사람이 누군데?"

"같이 감옥에서 생활했던 사람인 것 같아요. 이름은 나와 있지 않아요."

"집단 폭행을 당할 때가 언제야?"

"정확히는 알 수 없지만 1948년 여름쯤으로 추정하고 있어요."

그때라면 달수가 중산간마을의 호철을 찾아가기 전이었다. 지수와 달수를 연결해주는 누군가가 이 시기에 있었다. 겹치는 시기. 그렇다면 달수는 호철을 찾아가기 전에 지수라는 여자의 보호 아래에 있었다는 말이 된다. 나중에 지수의 집단 성폭행을 말한 사람은 감옥에서 같이 생활했던 연분일 가능성이 있었다. 성폭행을 당한 지수가 달수를 보호하고 있었다는 말이 된다. 그게 가능할까. 돌봐주었다고 해도 지수라는 여자가 그냥 달수를 돌봐줄 리는 없었다. 뭔가 연결 끈이 있을 것이다. 지금 생각할 수 있는 연결 끈이라면 박건우밖에 없었다. 자신이 달수를 돌봐줄 수 없다는 것을 안 박건우가 지수에게 달수를 부탁했을 경우를 생각해보았다. 충분히 가능한 일이었다. 그리고 이 사실을 확인시켜줄 사람은 연분밖에 없었다.

"여보세요."

"늦은 시간에 죄송해요. 혹시 지수라는 여자를 알고 있는가 해서요. 중요한 일입니다."

"박사님이 지수를 어떻게 아세요?"

미영은 의외로 실마리가 가까운 데서 풀리고 있다는 생각이 들었다.

"김달수와 지수는 어떤 관계였습니까?"

"박건우 씨는 서청 대원들이 입막음을 위해 달수를 죽일 수도 있다는 생각이 들어 달수를 보호하려고 했어요. 그래서 지수에게 부탁을 했어요. 지수의 오빠가 달수의 형인 길수와 같이 인민위원회 활동을 했어요. 그 사실을 알고 건우 씨가 지수에게 부탁을 했던 거죠. 달리 부탁할 데가 없었으니까요. 지수는 달수를 불쌍하게 생각해서 돌봐주게 된 거죠. 그런데 서청 대원들에게 달수를 돌봐주고 있다는 사실이 발각되어 끌려가 고문을 당했어요. 그걸 생각하면 너무 가슴이 아프고 눈물이 나요. 성폭행에 다시 고문, 그리고 감옥이라니……."

"그래서 어떻게 됐어요?"

"지수는 자살했어요. 지수는 스스로 목숨을 끊었어요. 밤에 밧줄로 목을 매달았어요."

"혹시 그 모습을 달수가 봤나요?"

"네, 맞아요."

연분의 말을 듣고 미영은 김 박사의 기억 속에 들어온 지수를 이해할 수 있었다. 지수의 죽음을 받아들일 수 없었던 박건우는 김 박사가 되어서 지수를 자신의 아내로 왜곡한 것이다. 지수를 지켜주지 못했다는 죄책감 때문이었을 것이다. 그 감정들이 박건우에게 들어와 김 박사한테서 지수는 아내로 새로 태어난 것이다. 달수가 보았던 지수의 죽음. 그 죽음의 충격과 상처, 그리고 박건우의 죄책감이 함께 기억을 왜곡시킨 것이다. 그런데 김 박사는 지수를 목 졸라 죽였다고 했다. 지수는 감옥에서 밧줄에 목을 매고 자살했다고 했는데 이야기가 맞지 않았다. 뭔가 다른 것이 있었다. 미영은 연분과 다시 통화하기로 하고 전화를 끊었다. 미영은 처음으로 돌아가 생각했다. 지금까지 김 박사의 기억이 왜곡되어 나타난 사례들을 생각해보았다. 기억은 다른 형태로 얼마든지 왜곡되어 나타날 수 있었다. 박건우는 달수와 관련된 사실을 진술서와 조서로 알았을 것이다. 김달수는 보고 들은 모든 것을 진술서에 썼다. 박건우는 그 진술서를 읽었을 것이고 그것이 건우의 뇌리에 박힌 것이다. 김달수의 인격체가 박건우에게 들어오면서 그 기억은 마치 실제 겪은 일처럼 각인되었을 것이고 지금 김 박사의 꿈속에서 왜곡된 채 나타나고 있는 것이라고 유추해볼 수 있었다. 기억들이 왜곡을 일으킨 것이다.

암시

        새벽에 일어난 김 박사는 습관처럼 샤워
실로 향했다. 김 박사는 몸에 붙어 있는 더러운 것들이 물에 씻겨 나
가는, 그래서 다시 깨끗함을 회복하는 느낌이 좋았다. 김 박사는 몸
을 박박 문질러 씻어냈다. 뼈만 남은 몸을 타고 흘러내린 물이 개수
구를 빠져나갈 때 구토증이 올라왔다. 서둘러 수건을 두르고 밖으로
나오던 김 박사는 방에 와 있는 미영을 보고 깜짝 놀랐다. 그러나 정
작 김 박사보다도 더 놀라고 있는 것은 미영이었다. 김 박사의 몸이
온통 멍으로 덮여 있었기 때문이었다.

"아니, 정 박사가 이 방엔 어쩐 일이오?"

"어젯밤 기억이 안 나세요?"

"어젯밤?"

"그 멍 자국은요?"

"모르겠소. 자고 나면 이렇게 멍이 생겨나곤 했소. 그런 날은 매를 맞는 꿈을 꾸기도 하고."

"매를 맞는다고요? 어디에서 맞나요?"

"모르겠소. 독방인 것 같기도 하고…… 꿈일 뿐이오."

미영은 김 박사의 몸을 보고 눈물이 났다. 김 박사의 몸은 거의 만신창이가 되어 있었다. 어떻게 그 몸으로 지금까지 견뎠을지 상상이 되지 않았다. 피딱지가 졌던 자리와 무엇엔가 날카로운 것에 맞아 찢겼던 자리가 흔적으로 남아 김 박사의 몸 여기저기에 똬리를 틀고 있었다. 김 박사가 방에서 옷을 갈아입고 나오자 미영은 우선 김 박사가 지수를 죽였다는 시기를 물었다.

"박사님. 박사님이 아내인 지수를 죽일 때가 언제라고 했지요?"

"아, 1980년도 9월이었소."

"그래요. 장소는요?"

"상도동에 있는 집이오."

"그럼 그때, 경찰 자료를 찾아보셨나요? 박사님, 그해 상도동에는 살인사건이 없었어요. 그런 사건이 실제로 있었고 박사님이 범인이라면 경찰이 박사님을 그때 연행했을 거고, 지금 여기에 박사님은 없어야 한다고요. 그게 사실이라면 박사님은 지금 감옥에 있어야겠지요."

감옥이라는 말에 김 박사는 눈을 감았다. 어떻게 된 것일까. 그럼 사신이 있지도 않은 사건을 생생하게 기억하고 있다는 말인가. 그럴

리가 없었다. 아내인 지수의 목을 조르고 있던 사람은 분명 김 박사 자신이었다.

"내가 분명 아내의 목을 이 두 손으로 졸랐소."

"박사님, 박사님에게 지수라는 아내는 없어요."

"그럴 리가, 그럴 리가 없소. 정 박사, 뭔가가 잘못됐소."

김 박사는 이것이 무슨 상황인지 혼란스러웠다. 아내가 없었다니. 그럼 자신은 누구와 살아왔는가. 김 박사는 자신이 누구인지 알 수 없었다.

"정 박사, 나는 누구요?"

"지금은 김 박사님이죠."

"지금은?"

"네, 나중에 다 설명해드릴게요. 오늘 밤에 진실을 알 수 있을 거예요."

"나는 정 박사가 무슨 말을 하는지 모르겠소."

"저도 아직 확신할 수 없어요. 하지만 박사님은 절대 누군가를 죽이지 않았어요. 지수든 그 누구든, 저를 믿어주세요. 박사님."

미영의 말을 듣고 김 박사는 고개를 흔들었다. 분명 지수를 목 졸라 죽인 손은 자신의 것이었다.

조 원장의 파티까지는 아직 시간이 있었다. 하나씩 의문을 풀어나가야 했다. 미영은 조 원장의 계획을 역으로 이용할 생각이었다. 지금 중요한 패는 호철이었다. 호철은 난이를 죽이지 않았다. 미영은 자신이 누구인지 몰라 불안해하는 김 박사를 안정시키기 위해 애월 바다로 차를 몰았다.

김 박사는 구토증이 올라왔으나 바다를 평생 한 번도 본 적 없는 사람처럼 바라보고 있었다. 다행히 김 박사는 안정을 찾아가고 있었다. 인간의 정신은 저 멀리 어딘가에 있는 것이고 인간의 정신을 연구하는 일은 어느 철학자의 말처럼 바닷가에서 조개껍데기를 줍는 일처럼 미미한 일이었다. 그러나 미미하더라도 시작하는 게 중요했다. 일단 시작하면 그 시작이 씨앗이 되어, 움이 트고 줄기가 오르고 열매를 맺었다. 뭐든 생각의 씨앗이 중요했다. 어떤 생각의 씨앗을 품고 있느냐에 따라 그 사람의 삶이 달라지기 때문이었다.

"박사님. 잠깐 여기에 계세요. 다녀올 데가 있어요."

고개를 끄덕이는 김 박사를 두고 미영은 제주-342로 향했다. 심리적으로 불안한 김 박사를 데리고 갈 수는 없었다. 제이슨 김은 미영이 보낸 주소를 현재 주소로 전환해서 보내주었다. 그곳은 박건우의 후배 김진태가 살던 집이었다. 제이슨 김이 보내온 정보에 의하면 박건우는 자신이 가지고 있던 자료를 후배 김진태에게 넘겼고 김진태는 건우가 보낸 자료를 맡아 가지고 있었다. 김진태가 바로 점박이 환자였다. 김진태는 미쳤으나 가끔 제정신으로 돌아왔다고 했다. 그래서 박건우를 알아본 것이고 예전에 약속한 대로 박건우에게 암호를 넘긴 것이다.

"어떻게 오셨수꽈?"

"김진태 선생님이 계신 정신병원에서 왔어요. 치료에 도움이 될 만한 것이 없을까 해서요. 혹시 평소에 노트나 박스 같은 것을 보관하지 않으셨나요?"

"모르겠수다. 허긴, 이 층 맨 끝방에다가 뭔가를 가져다 놓기는 했수다. 나는 이 집을 관리만 하고. 이제 팔린다는 말도 있고. 빨리 보고 나옵서."

"감사합니다."

김진태 씨가 살던 집은 아무도 살지 않았지만 그렇다고 관리가 엉망인 것은 아니었다. 미영은 2층 끝방으로 올라갔다. 끝방에 박스로 보이는 것은 존재하지 않았다. 겉으로 보기에 모든 것이 깔끔하게 정리되어 있었다. 하지만 미영은 여기가 분명하다고 생각했다. 비밀 문서라면 사람들이 보이는 곳에 두지는 않았을 것이다. 그렇다면 위나 아래, 아니면 벽에 감추어둔 문을 찾아야 했다. 미영은 1950년과 1951년 사이 제주교도소 문서에서 달수와 호철의 기록을 찾고 싶었다. 그 둘에 대한 자료, 진술서 자료면 더 좋았다. 허리 높이의 식탁 의자에 앉아 있던 고양이가 미영을 바라보더니 창문을 통해 달아났다. 뿌옇게 앉은 먼지들이 이곳이 꽤 오랫동안 사람의 발자국이 닿지 않았다는 것을 말해주고 있었다. 벽 모서리에 걸려 있는 중절모를 살펴보기 위해 걸어가던 미영은 구두 밑에서 들려오는, 바닥에서 나는 소리가 달라지는 것을 느꼈다. 울림의 차이! 바닥에 다른 공간이 있었다. 미영은 바닥에 깔린 장판을 걷어냈다. 역시, 바닥에는 밑으로 내려가는 계단이 놓여 있었다. 미영은 손전등을 켠 채 아래로 내려갔다.

어쨌든 하는 데까지는 해봐야 했다. 어린애 둘의 기록이 지금까지 남아 있지 말라는 법은 없었다. 박건우라면 기록을 남겨두었을 것이라고 미영은 생각했다. 왜 김달수는 죽고 이호철은 살았는가. 둘 다 감옥에 있었는데 한 명은 죽고 한 명은 살았다면 이호철이 조의도에게 협조를 한 것이다. 그렇게 본다면 김길수에게 편지를 전한 것도 이호철일 것이다. 김달수를 밀고한 것도 이호철일 가능성이 있었다. 정보를 더 캐기 위해 이호철을 김달수와 같이 감옥에 집어넣은 것은 조의도였을 것이다. 이호철은 철저하게 달수를 배신한 셈이다. 하지만 달리 생각하면 이호철 또한 조의도에게 이용당한 것이었다. 미영은 호철의 가족 관계가 중요한 끈이라는 생각이 들었다. 문자로 이호철의 가족에 대해서도 알아봐달라고 제이슨 김에게 연락을 취했다. 어느 것 하나라도 건져야 했다.

2층의 공간이 아래층까지 이어지고 있었다. 비밀의 방인 셈이었다. 이곳에서 한동안 자장면을 시켜 먹었던 듯 자장면 그릇과 젓가락이 한쪽에 처박혀 있고 양념통닭집에서 가져온 스티커가 벽의 한쪽에 붙어 있었다. 낡고 금이 간 책상은 깨진 부분을 유리 테이프와 청테이프로 덕지덕지 붙여 기괴한 느낌을 주었다. 구석에 쌓아놓은 박스가 보였다. 박스는 이곳을 스쳐 간 시간에 비해 생각보다는 괜찮은 상태를 유지하고 있었다. 미영은 박스를 지켜내고 있던 테이프를 떼어내고 손전등으로 내용물을 비추었다. 연도별로 정리된 박스였다. 미영은 기뻐서 소리라도 지르고 싶은 심정이었다. 마침내 찾아낸 것이다. 역시 박건우는 제주교도소의 자료를 가지고 있었고 고향 후배인 김진태에게 맡긴 것이다. 철이 되어 있는 서류는 자술서와 신검 자료들과 증거물들이었다. 박스 안에서 미영은 김 박사와 관련한 자료를 찾았다. 눌러쓴 글자 한 자 한 자가 그 당시의 상황을 말해주고 있었다. 문득문득 가슴으로 들어와 읽히는 단어가 그들이 감옥에 있어야 했던 상황과 현실, 그리고 진실이 햇볕에 나오지 못하고 음침한 그늘로 숨어들 수밖에 없었던 과거를 보여주고 있었다. 미영은 그중에 자료 몇 장을 손에 쥐었다. 달수와 호철의 기록이었다. 호철의 가족에 관한 기록을 읽어보던 미영은 호철의 부모 또한 무고하게 희생되었다는 것을 알았다. 조의도는 호철의 정보를 모두 조작한 것이다. 호철은 철저하게 기만당하고 농락당한 것이다. 이 기록이라면 조 원장의 가면을 벗기고 호철의 마음을 돌릴 수 있었다. 미영은 박스를 다시 원상태로 돌려놓은 뒤에 집을 빠져나와 김 박사가 기다리고 있는 바닷가로 차를 몰았다. 미영은 불그족족하게 물이 든 노을을 바라보았다. 어딘가에는 분명 흔적이 남아 있기 마련이었다. 미영은 바닷가를 서성이고 있는 김 박사에게 다가갔다.

"정 박사, 돌아왔군요."

"이제 서서히 돌아가셔야 해요. 단단히 준비하세요."

"뭘 말이오?"

미영은 김 박사에게 그동안의 일을 말할 수 없었다. 말한다고 하더라도 김 박사는 진실을 받아들일 준비가 되지 않은 상태였다.

"나중에 알려드릴게요."

미영은 김 박사와 숙소로 돌아왔다. 준비해야 할 일들이 남아 있었다.

제4부

또 다른 섬

실마리

미영은 전화기를 들었다. 연분에게 확인할 게 있었다. 연분은 제주행 비행기를 타려고 대기하는 중이었다. 박건우 씨가 조의도를 협박했다고 했는데, 협박을 한 것이 그냥 사진뿐이었는지 확인이 필요했다. 연분은 뭔가 주저하는 듯하다가 '사진과 필름'이라고 말을 꺼냈다. 사진뿐만 아니라 필름, 그리고 조의도와 관련된 기록들이 남아 있을 수 있었다. 그 증거들은 조의도가 제주에서 자행한 폭력과 폭행과 살인을 증명해줄 수 있었다. 박건우는 그 자료들을 모아두었다가 그중 일부를 조의도에게 보낸 것이다. 미영은 그 증거들의 행방을 알고 싶었다. 지금 그 필름과 사진들, 그리고 남아 있는 기록들이 어디에 있는지 물었으나 연분은 자신도 모른다고 입을 열지 않았다. 그 증거들이 어디에 있는지 연분이 모를 리가 없었다. 건우와 함께 복수를 모의하지 않았는가. 그러나 연분은 입을 다물었다. 증거물은 나중에 찾게 되더라도 늦지 않을 것이다. 미영은 전화를 끊었다. 조 원장이 찾고 있는 것은 필름과 사진, 그리고 자료들이었다. 조 원장이 박건우를 살려둔 이유이기도 했고 미영에게 '과거로의 여행'에 동참을 제안한 이유이기도 했다.

미영은 시계를 보았다. 벨이 울렸다. 조 원장이 현관에 도착했다는 전화였다. 김 박사와 미영은 같이 숙소를 나섰다. 조 원장은 정장 차림으로 기다리고 있었다. 미영은 그 모습이 겉으로는 선한 가면을 쓴 채 속으로는 비열하게 웃음을 짓고 있는 이중인격자 같다는 생각이 들었다.

"자, 출발하겠습니다."

조 원장의 차는 한라산 중턱으로 올라갔다. 제주에 이렇게 우거진 원시림이 있다는 사실에 미영은 놀라고 있었다.

"제주에 이런 곳이 있었군요."

"제주는 원래 원시림 지대죠. 제 별장은 선친께서 예전에 이곳에 와보시고 사놓으신 겁니다."

별장은 원시림이 끝나는 곳에 있었고 탁 트인 전망이 아름다운 풍광을 자랑하고 있었다. 미영과 김 박사는 제주 깊숙한 원시림에 들어와 보기는 처음이었다.

"이리 오시지요."

역시 이호철이 마중 나와 있었다. 미영은 호철의 모습과 깊은 원시림에 왠지 불길한 예감이 들었다.

"이호철 선생님도 와 계셨군요."

"예, 원장님이 초대해줬수다. 이짝으로 가게마씨."[1]

미영을 바라보는 호철의 눈매가 매서웠다. 호철은 김 박사 일행을 미리 준비해둔 방으로 데려갔다. 방은 천장이 높고 벽지 모양이 특이했다. 벽지는 감옥처럼 여러 개의 사슬 모양이 연달아 이어져 있어서 보기에 따라서는 기괴한 분위기를 연출하고 있었다. 사슬 무늬 뒤로는 눈 쌓인 한라산이 그려져 있었다. 미영은 처음부터 파티할 장소가 아니라는 것을 알고는 있었지만 이런 곳에 사슬 벽지라니, 긴장하지 않을 수 없었다. 가운데에는 탁자 한 개와 의자 몇 개만이 덩그러니 놓여 있었다. 미영은 호철을 바라보며 말했다.

"지금, 뭘 하자는 거죠?"

"원장님이 금방 오신댄 햄수다."

미영은 호철의 가라앉은 목소리를 듣고 있었다. 호철의 태도에 따라 몇 사람의 목숨이 좌우될 수 있었다. 그러나 호철은 미영의 생각과는 달리 표정에 작은 변화도 없었다. 잠시 후 문이 열리고 조 원장이 웃으면서 상자 하나를 들고 나타났다. 무슨 일이냐고 다짜고짜 물어보는 미영을 보고 조 원장의 표정과 목소리가 변했다.

---

1 네, 원장님이 초대해 주셨습니다. 이리로 가시지요.

"그만 내숭 떠시지, 정미영 박사. 당신은 내 정체를 다 알잖아. 내가 조의도의 아들이라는 것도."

"조의도?"

조의도라는 이름이 나오자 김 박사가 예민하게 반응했다.

"그래요, 김 박사. 하하, 이젠 박건우 아저씨라고 불러야 하나. 건우 아저씨, 이제는 생각이 날까? 당신이 협박 편지를 보내 죽게 만든 내 아버지, 조의도. 설마 그 이름을 잊지는 않았겠지?"

"조 원장, 무슨 말인지, 나는 당신이 하는 말을 하나도 모르겠소."

"걱정하지 마, 곧 기억나게 해줄 테니까. 자, 우선 이것을 마셔야 겠어. 이것은 전에 김달수로 돌아가게 했던 약물이야. 아직 시판되지 않은 독일제 리페어프로졸-X라고 하지. 히히."

"박사님, 마시지 마세요."

조 원장은 상자에서 권총을 빼 들었다. 모두 권총을 보고 아무 말도 할 수 없었다.

호철이 약을 건네받아 김 박사에게 마시게 했다. 전화벨이 울리자 조 원장이 받았다. 연분이 도착했다는 전화였다. 조 원장은 연분을 데려오도록 호철을 보냈다. 호철이 밖으로 나가자 조 원장이 총을 들고 비릿하게 웃으며 다시 말하기 시작했다.

"드디어 마지막 손님이 오신 모양이군."

"지금 무슨 짓을 하는 거요?"

조 원장은 다가오려는 김 박사를 총으로 조준했다.

"김 박사, 조심하시지, 죽고 싶지 않으면 말이야. 어차피 죽겠지만."

"조 원장, 대체 왜 이러시오?"

"하하, 이제 박건우로 돌아올 때가 됐어. 자, 파티를 위해 조금만 더 기다리라고."

문이 열리고 호철이 연분의 등을 밀자 연분은 김 박사와 미영이 있는 쪽으로 쓰러졌다.

"선생님!"

"이게 대체 어떻게 된 일입니까?"

"모두 조 원장, 저 사람이 꾸민 일입니다."

쓰러진 연분이 놀라 조 원장을 바라보았다.

"그래, 모두 내가 계획한 일이지. 정확히 말하자면 아버지와 내가 계획한 일이야. 연분, 히히. 그래 당신의 남편 박건우가 바로 여기에 있잖아. 당신이 그토록 애지중지하던 남편 말이야. 이렇게 다 늙은 거죽만 걸치고 당신을 기다리고 있잖아."

"이 사람이 내 아내라고? 연분……."

"그래, 연분. 이제 박건우로 돌아와야지. 당신의 기억을 꺼내봐. 하지만 그냥은 안 되겠지? 히히. 약을 마셨으니 이제 슬슬 반응이 올 거야. 봐, 숨소리가 거칠어지고 있잖아. 이 약은 즉각적인 각성 효과가 뛰어나거든. 오호, 좋아. 지금이야. 몸에서 열이 나기 시작하는군, 좋아. 그리고 약간의 충격이 필요하겠지."

"탕!"

조 원장은 책장에 대고 총을 쏘았다. 김 박사가 머리를 감싸고 쓰러졌다.

"좋아. 김 박사한테는 약간의 시간이 더 필요할 거야. 미리 말해두는데 여기서 나는 소리는 다른 곳에선 들을 수 없어. 너무 멀리 떨어져 있거든. 하지만 만일을 위해서 휴대폰은 여기에 넣어줘야겠어."

휴대폰을 모두 수거한 호철이 조 원장의 지시를 받아 휘발유를 바닥에 뿌렸다. 조 원장은 라이터를 꺼내 들었다.

"자, 허튼짓 말라고, 여차하면 이 라이터 불을 던져버릴 테니까."

"대체 왜 이러는 것이오?"

"히히, 이제 김 박사로부터 박건우를 불러내야 할 텐데 어떤 방법이 좋을까."

"왜, 김 박사에게서 박건우를 불러내려고 하는 겁니까?"

"박건우가 김 박사가 되어 행복하게 살다 가면 돌아가신 우리 아버지가 나를 용서하지 않으실 거거든. 박건우는 고통을 받으며 죽어야지. 박건우. 네 아내, 연분이 죽으면 네가 나오겠지. 안 그래?"

조 원장이 총을 겨누자 연분이가 총 앞으로 나섰다.

"그래요, 나를 죽이세요. 이깟 목숨이 뭐가 중요하겠어요. 조 원장, 당신을 믿었던 내가 어리석었어요. 그때 건우 씨를 당신에게 맡기는 것이 아니었는데 그동안 건우 씨가 얼마나 힘들어했을지 생각만 해도 소름이 끼쳐요."

조 원장의 총 앞에서 말을 하는 연분을 바라보던 김 박사가 머리를 쥐어뜯으며 괴로워하고 있었다.

"연분, 연분…… 내 아내."

"그래 맞아. 이제 돌아오는군. 박건우, 너의 아내 연분이 여기 있어. 이제 너의 세계에서 나올 때가 됐어. 나와서 네가 가지고 있는 필름과 사진을 나한테 줘야지. 히히, 안 그래?"

"필름? 사진?"

"그래, 당신이 가지고 있는 필름과 사진 말이야. 난 그게 필요하거든. 안 그러면 여기 있는 모두를 죽여야 해. 내 말이 뭔 말인지 알지? 당신이 감춘 필름과 사진 말이야."

미영은 어차피 조 원장이 사진을 찾아도 여기 있는 사람들을 모두 죽일 것이라는 사실을 알고 있었다. 처음부터 조 원장의 목표는 필름과 사진이었다. 조 원장이 방아쇠를 당겼다.

"탕!"

"아악!"

총알이 연분의 허벅지를 관통하자 피가 치마를 붉게 물들였다.

"히히, 다음은 총알이 머리를 관통하게 해주지."

조 원장이 쓰러진 연분의 머리에 총을 겨누었다. 미영이 소리쳤다.

"연분 선생님. 필름과 사진을 줘버리세요. 지금, 그깟 것들이 무슨 소용이에요."

"이런, 내가 잘못 생각했군. 그 필름과 사진이 있는 곳은 박건우만 안다고 생각했는데. 연분 선생도 알고 있었군. 그런데 왜 나한테는 모른다고 딱 잡아떼었을까. 결국 나를 완전히 믿지는 않았다는 거군. 재미있군, 재미있어. 히히. 그동안 나를 잘도 속인 거네. 그럼, 이 총구를 여기 있는 박건우에게 겨눠야겠군."

조 원장은 총을 김 박사의 머리에 가져다 대었다. 그 모습을 보던 연분이 동요했다.

"안 돼요. 알았어요. 다 말하겠어요. 원장님, 제발 그만하세요. 그만큼 우리를 괴롭혔으면 됐잖아요. 대체 왜 이렇게 우리를 괴롭히는 거예요."

"이거 왜 이래? 다 알면서. 아버지를 배신한 것은 박건우야. 박건우가 아버지를 죽게 한 거라고. 자, 좋은 말로 할 때 말해. 필름과 사진, 아, 자료도 있다고 했던가?"

"그 물건들은 조의도의 유골함 뒤에 숨겨져 있어요."

"아버지의 유골함?"

"그래요, 건우 씨는 조의도가 죽은 다음에라도 무고하게 죽인 제주도민에게 사죄하기를 바랐어요. 그래서 필름과 사진을 그곳에 가져다 놓은 거예요."

"정말 영악한데. 정말 그런지 확인해봐야겠어. 호철 씨."

"알았수다."

호철이 휴대폰을 들고 나간 사이, 잠깐의 정적이 흘렀다. 미영은 조 원장의 아킬레스건을 파고들어야 했다.

"조 원장, 아니 조철민! 당신도 당신의 아버지 조의도가 저지른 죄를 알고 있잖아요. 당신은 아버지와 달라요. 이제라도 제주 시민과 이 두 분께 용서를 빌고 새롭게 인생을 살아가세요."

"내가? 내가 왜 그래야 하지. 지금 내가 누리는 것은 다 아버지한테 물려받은 건데. 내가 왜?"

"그것은 사람을 폭행하고 죽인 대가로 받은 거니까."

"웃기시는군. 아버지는 정당한 일을 한 거야."

조 원장의 말을 환청처럼 듣고 있던 김 박사의 표정이 일그러지더니 갑자기 울기 시작했다. 김 박사는 박건우였고 달수였다. 제주민들이 죽어가는 소리, 몽둥이에 맞아 피를 흘리며 신음하는 소리가 달수와 건우의 귀에 들려왔다. 조 원장이 쏜 총소리가 박건우의 깊은 내면의 어느 지점에 도달해 닫아걸었던 무의식의 껍질을 깨뜨렸다. 박건우의 울음소리가 서서히 어린아이 달수의 목소리로 바뀌기 시작했다. 김 박사는 달수로 변해 있었다.

"조의도였어요. 그때 내가 지켜보고 있었어요. 조의도가 밧줄을 들고 지수 누나가 갇혀 있던 방으로 들어가는 것을요. 조의도가 지수 누나의 목을 졸랐어요. 그리고 밧줄에 묶어 기둥에 매달았어요."

"박건우, 지금 무슨 소리를 하는 거야?"

미영은 순간, 김 박사의 죽은 아내 지수는 조의도에게 목이 졸려 죽은 지수 누나에 대한 달수의 기억이라는 것을 알았다. 여기에 지수를 지켜주지 못한 박건우의 죄책감이 김건우가 만들어낸 새로운 세계에서 김건우의 아내, 지수로 나타난 것을 알았다. 그래서 김 박사는 지수의 목을 조르는 꿈을 꾼 것이다.

"당신의 아버지 조의도가 지수를 죽였어요."

전화를 마치고 들어온 호철은 달수의 목소리를 듣고 놀라고 있었다. 달수는 호철을 알아보았다.

"호철아, 너도 봤잖아. 너도 나랑 같이 조의도가 하는 짓을 봤잖아. 조의도가 지수 누나의 목을 두 손으로 조르는 것을. 그리고 조의도가 밧줄로 지수 누나를 기둥에다가……."

달수의 목소리를 들은 호철은 몸을 떨면서 고개를 가로저었다.

"아니라, 아니라, 난 못 봐서. 난 못 봐서."

"호철아, 달을 생각해 봐. 아이가 그려져 있던 달, 지수 누나가 손에 쥐고 있던 그 달. 손에서 달 그림이 떨어졌잖아. 지수 누나가 그렸던 그림 말이야. 지수 누나 목을 조르던 조의도를 너도 같이 봤잖아. 지수 누나를 만나러 몰래 갔던, 그날 밤 말이야. 네가 울려고 하는 내 입을 네 손으로 틀어막고 어둠 속에서 같이 떨고 있었잖아."

호철은 아니라, 아니라 하며 고개를 저었다. 괴로워했다.

"호철 씨, 그만 조 원장의 덫에서 빠져나오세요. 저들이 당신의 약점을 잡고 이용하고 있는 거 다 알아요."

미영의 말을 듣고 있던 조 원장이 더는 안 되겠다 싶었는지 말을 가로막았다.

"약점? 무슨 약점? 호철 씨는 그냥 아버지에게 충성하는 거라고.

아버지가 얼마나 잘해줬는데. 안 그래 호철 씨? 아버지가 당신의 뒤를 다 닦아줬잖아. 히히."

"호철 씨는 누군가의 개로 살아가는 것이 좋으세요?"

호철의 입에서 괴로운 듯 신음이 새어 나왔다.

"호철아, 호철아. 왜 거짓말을 하는 거야. 너도 봤잖아. 왜 그래? 왜 지금까지 거짓말을 하는 거야?"

"호철 씨, 난이를 목 졸라 죽인 것이 당신이라고 생각하지만 틀렸어요. 당시 난이는 기절한 거예요. 당신이 속았어요. 난이는 나중에 총에 맞아 죽었어요. 그 사실을 알고도 조의도는 당신을 이용하기 위해 사실을 속인 거예요. 그 때문에 조의도와 조 원장에게 약점이 잡혀 개처럼 끌려다니고 있는 거잖아요. 호철 씨, 언제까지 이들의 노리개가 될 거예요. 제발, 이제는 벌써 오십 년이 지난 일이에요."

미영의 말을 들은 호철은 충격을 받은 듯 멍하니 서 있었다.

"히히, 정 박사, 그 사실을 어떻게 알았지. 하지만 그 사실을 알았다고 해도 이젠 소용이 없어. 호철 씨는 이미 오래전부터 우리 사람이야."

미영은 여기에서 결정을 지어야 한다고 생각했다. 옷 속에 감춰 둔 자술서를 꺼냈다.

"호철 씨, 당신에 대한 기록이 남아 있었어요. 다른 기록은 없는데 왜 당신의 기록이 남아 있었냐고요? 그건 당신이 관리 대상이었기 때문이에요. 당신은 조의도에게 정보를 물어다 주는 프락치였으니까. 당신의 신상 정보를 남겨둔 거예요. 그것을 박건우 씨가 몰래 자료를 빼내 제주-342에 숨겨둔 것이라고요. 나중에라도 당신이 못 빠져나가도록 목을 조르기 위한 것이었어요. 어떻게 알았냐고요? 달수의 진술서는 박건우 씨만 본 것이 아니에요. 조의도가 봤기 때문이죠. 신경불안 증세를 앓고 있던 당신은 밝게 웃고 다니는 난이를 보자 순간적으로 감정을 절제하지 못하고 강제로 난이를 범하려 했죠. 난이는 본능적으로 반항하다가 기절했어요. 밖에서 돌아온 달수가 그 장면을 봤고요. 그래서 달수는 당신이 난이를 죽였다고 생각한 거예요. 하지만 난이는 죽지 않았어요. 얼마 후에 깨어난 난이는 중산간마을로 올라온 토벌군에게 달려가다가 총에 맞아 죽어요. 이 기록을 보세요. 감옥에 끌려온 난이의 엄마 이순례 씨가 총에 맞아 죽은 난이에 관한 내용을 쓴 자술서가 여기 있어요."

호철은 미영의 말을 듣고 휘청거렸다. 기만당한 인생이었다. 하지만 여기에서 뭘 어떻게 할 수 있단 말인가. 다시 그때로 돌아갈 수는 없었다. 호철은 달수를 보았다. 길수 형을 팔아넘기고 달수까지 밀고해 감옥에 오게 한 것도 자신이었다.

"달수야, 나가 니 성한티 거짓 쪽지를 가져다줘서. 연분이 누나가 기다릴 거랜."[2]

---

2 달수야, 내가 네 형에게 거짓 쪽지를 가져다주었어. 연분이 누나가 기다린 다고.

"네가? 네가 왜?"

"살젠 허난. 난 죽구정 안 허여서. 맞지. 달수, 너도 알고 이섰잖아. 난 겁쟁이라. 너도 똑 닮은 겁쟁이라. 너도 어떵허지 못 허였지. 제우 헌다는 것이 건우의 인격에 들어강 곱는 거여시난."[3]

"아니야, 다 거짓말이야."

"거짓말이 아냐. 조의도가 시킨 거야. 조의도는 제주도를 송두리째 없애버리고 싶어 했어."

"너희들이 우리 아버지를 잘 모르는 모양인데, 우리 아버지는 한번 한다고 하면 하는 분이거든."

달수가 경련을 일으키더니 갑자기 바닥에 쓰러졌다. 미영이 놀라 다가갔을 때 달수는 심하게 경련을 일으켰다. 김 박사는 달수가 되었다가 다시 박건우의 인격이 깨어나기 시작한 것이다. 한동안 머리를 감싸고 있던 달수는 박건우가 되어 조 원장을 향해 일어섰다. 그의 눈빛은 달수와 달랐다. 인격이 달라지면 하는 행동과 목소리까지 변했다. 박건우는 조 원장을 보고 말했다.

"네가 철민이구나. 철민아, 조의도가 얼마나 제주 사람들에게 못된 짓을 했는지 사진을 보면 알게 될 거야. 지금이라도 용서를 빌고

---

3 살아야 했으니까. 난 죽고 싶지 않았어. 그래, 달수, 너도 알고 있었잖아. 나는 겁쟁이야. 너도 마찬가지로 겁쟁이야. 너도 어쩌지 못했지. 겨우 한다는 것이 건우의 인격에 들어가 숨는 거였잖아.

새 인생을 찾아라."

"드디어 건우 아저씨가 돌아왔군. 아버지는 내 우상이야. 내가 닮아가야 하는 우상이지. 아버지는 나의 모든 것이야. 박건우, 당신이아니라."

"철민아, 아버지를 이겨야 한다. 더는 네 아버지를 따르지 마라. 아버지는 이곳 제주에서 악마였어."

"당신이 뭔데 그래. 히히, 아버지 잘못했어요. 전 아무 짓도 안 했어요. 건우 아저씨가 아버지를 욕했다고요. 감히 아버지한테 악마라니……. 악마, 악마라니. 아버지 제가 대신 죽여줄게요."

"철민아, 정신 차려!"

"탕!"

벽에 걸린 액자가 산산이 조각났다.

"그만 마무리하지. 나도 이젠 이 짓이 지긋지긋해지기 시작했어. 아버지도 빨리 끝내길 원하실 거야. 호철 씨, 필름과 사진은 어떻게 됐지?"

호철이 고개를 끄덕였다.

"히히, 필름과 사진을 찾았다네. 이제, 어쩌지 건우 아저씨, 이제 아저씨는 죽게 될 거야. 당신은 영원히 아버지를 이기지 못할 거야."

"철민아, 네가 사람이라면 이렇게 하면 안 된다. 네 아버지가 저지른 일들을 생각해봐. 이제라도 다시 생각해라."

"아저씨는 전부터 말이 너무 많았어. 호철 씨, 당신이 이자를 죽여요. 이자는 달수이고 건우이니 당신의 비밀을 알고 있는 자예요. 이 둘을 모두 죽여 후환을 없애는 거지. 호철 씨, 당신도 마음에 들 거야. 완벽한 알리바이잖아. 필름과 사진도 찾았고 우리는 목적을 이룬 거야. 박건우를 죽여! 그러면 당신은 이제 완전히 과거로부터 해방이 되는 거야. 내가 평생 당신이 먹고살고도 남을 만큼 돈을 줄게."

선택

철민은 자신의 손에 피를 묻히고 싶지 않았다. 그래서 뒤처리를 위해 호철을 부른 것이다. 만에 하나 잘못되더라도 자신이 빠져나갈 구멍을 남겨두어야 했다. 하지만 철민은 총을 호철에게 그냥 넘기지 않았다. 아버지 조의도가 가르쳐준 대로 일단 호철을 시험해야 했다. 조 원장은 남은 총 한 자루를 호철에게 건넸다. 조 원장의 의도를 모르는 미영이 호철을 향해 소리쳤다.

"호철 씨, 이제 선택권은 당신에게 있어요. 우리를 풀어주면 모든 것이 끝나는 거예요. 아무도 당신에게 프락치라고 살인자라고 비난하지 않아요. 그때는 당신의 말처럼 살아남기 위해 무엇이라도 해야 했어요. 지금이라도 용서를 빌고 다시 새로운 사람으로 살아가면 돼요. 그게 용서받는 길이에요."

"허튼소리일 뿐이야. 이제 내일이면 정신병에 걸린 박건우가 펼친 살인극이 신문을 장식하겠지.”

“이, 악마!”

“히히, 자, 호철 씨, 이제 마무리하자고.”

호철은 총을 건우의 머리에 겨누었다.

“나여…… 내가 길수 성이 건네준 주소를 조의도신디 가져다 줘
서. 내가 다른 사름덜 몬딱 죽게 했다구. 나가 죽여서. 나가 이 손으
로 그들을 죽여서 나가…… 흐흐흐 살구정 허여서. 살구정 했다고.
하르방이 어떵 돌아가신 줄 알아…… 총에 맞앙 죽은 게 아니라. 내
가 어디에 이신지 찾으레 왔당 잡혀간 즉결 처분을 받아서…… 알
아…… 우리 하르방이…… 나는 살구정 허여서, 살구정 허였다고.”[4]

“그래, 이제 제발 사는 것처럼 살아라. 호철아, 지금까지 지옥 같
은 삶을 살았잖아. 오십 년이면 됐어. 그 정도 고통이면 충분하다.
호철아!”

“죽여버리크라!”

미영은 이제 여기서 끝을 내야 한다고 생각했다.

---

4 나야…… 내가 길수 형이 건네준 주소를 조의도에게 가져다 줬어. 내가 다른
사람들을 모두 죽게 했다구. 내가 죽였어. 내가 이 손으로 그들을 죽였다고
내가..흐흐흐 살고 싶었어. 살고 싶었다고. 할아버지가 어떻게 돌아가신 줄
알아…… 총에 맞아 죽은 게 아냐 내가 어디에 있는지 찾으러 왔다가 잡혀
가서 즉결 처분을 받았어…… 알아…… 우리 할아버지가…… 나는 살고 싶
었어. 살고 싶었다고.

"호철 씨 당신의 부모님을 생각해봐요."

"무신 거라고? 내 아방어멍은 병에 걸려 죽어서."

"아니에요. 여기 기밀문서를 보세요. 당신의 부모님은 총에 맞아 죽었어요. 그 총을 쏜 사람들은 바로 조의도의 부하들이었어요. 내 말을 믿어요, 호철 씨."

"아니라, 아니라. 경헐 리가 어서."[5]

조철민은 킬킬거리며 미영이 호철에게 하는 말을 듣고 있었다. 호철은 괴로운 듯 머리를 쥐어뜯으며 중얼거렸다.

"난 살구정 허여서. 나는 무수와서. 난 정말 살구정 허여서. 듣는 게 너미 고통스러워서. 총소리가 들려서. 난 떨고 이서났주. 밤새 바들바들 떨어서. 바지에 오줌이 흘러내려서. 그때 누게산디 나를 어디렌가 끌고 갔주. 그 전등, 그 전등 너머에 조의도가 웃고 이섰주."[6]

"호철 씨, 당신의 부모를 죽인 놈은 저기 조 원장의 아버지 조의도라고요, 조의도!"

호철은 조의도라는 말을 듣고 박건우를 보고 중얼거렸다.

"달수야, 미안허다. 나가 살젠 허난, 나가 다 고자질헌 거라. 다 나

5 아냐, 아냐. 그럴 리가 없어.
6 난 살고 싶었어. 나는 무서웠어. 난 정말 살고 싶었어. 듣는 것이 너무 고통스러웠어. 총소리가 들렸어. 난 떨고 있었지. 밤새 바들바들 떨었어. 바지에 오줌이 흘러내렸지. 그때 누군가 나를 어디론가 끌고 갔어. 그 전등, 그 전등 너머에 조의도가 웃고 있었어.

가 헌 짓이라. 나가. 결국 내가 우리 아방어멍도 죽게 헌 거라. 나가 나쁜 놈이라. 죽여버리크라. 날 영 맹근 놈덜 몬딱 죽여버리크라."[7]

울부짖던 호철이 박건우를 겨누던 총구를 조 원장에게 겨누더니 방아쇠를 당겼다.

"철컥!"

조 원장은 호철의 반응에 놀란 표정을 짓더니 가소롭다는 듯이 웃기 시작했다.

"히히히, 그럴 줄 알았지. 그 총에는 총알이 없어. 역시 아버지 말이 맞았어. 부리는 개는 믿는 게 아니지. 이용하다 버리면 그만이지, 킬킬."

조 원장의 말을 듣던 호철은 몸을 부르르 떨었다. 지금까지 속아 온 모든 시간이 억울하고 치욕스러웠다. 분노가 일었다.

"속았어. 완전히 속았어!"

절규하던 호철이 조 원장에게 달려들었다. 그 모습을 보던 박건우도 조 원장에게 달려들었다.

"탕!"

총에 맞은 호철이 피를 토하고 바닥에 쓰러졌다. 달려든 박건우는

---

7 달수야, 미안해. 내가 살기 위해서, 내가 일러바친 거야. 다 내가 한 짓이야. 내가. 결국 내가 우리 부모님을 죽게 한 거야. 내가 나쁜 놈이야. 나를 이렇게 만든 놈들을 다 죽여버리겠어.

조 원장의 사타구니를 걷어찼다. 조 원장이 욱, 하고 몸을 숙이자 박건우는 총을 쥐고 있는 조 원장의 손을 발로 차버렸다. 총이 바닥에 떨어지자 박건우가 총을 집어 들었다. 조 원장은 손을 들고 뒤로 물러섰다. 박건우가 호철을 안았다.

"호철아!"

호철은 박건우를 달수로 알았는지 달수를 대하듯 말하기 시작했다.

"달수야, 미안허다. 정말 미안허다. 나를 용서허라. 미안허……."

박건우는 호철의 마음을 알았는지 달수가 되어 말했다.

"아니야, 네 잘못이 아니야. 호철아, 네가 죽은 우리 형, 길수를 나한테 데려다줬잖아. 그거면 됐다, 그거면……."

"모두헌티 미안허다고, 정말, 미안허다고. 난이헌티도……."

호철의 눈에는 흐르지 못한 마른 눈물이 고여 있었다. 호철의 고개가 아래로 떨어지자 건우는 호철의 몸을 안고 흐느꼈다. 프락치로 살아온, 호철의 마지막이었다. 건우는 손으로 감지 못한 호철의 두 눈을 감겨주었다.

건우는 일어나 손을 들고 있는 조 원장에게 총을 겨누었다.

"건우 아저씨, 나를 죽일 거야? 또 살인을 저지르려고? 당신도 아버지처럼 사람들을 죽였잖아. 안 그래?"

"그래, 맞다. 하지만 이제 그렇게 살지 않을 거야."

"탕!"

건우가 쏜 총이 조 원장의 복부를 뚫었다.

"철민아, 죽지는 않을 거야. 제발, 남은 생은 사죄하면서 살아라."

조 원장은 피가 흐르는 복부를 잡고 뒹굴었다.

박건우는 연분이 있는 쪽으로 다가왔다. 연분을 바라보는 박건우의 눈은 애증과 연민으로 그늘진 눈빛이었다. 건우는 연분을 부축해서 문 쪽으로 데리고 갔다.

"돌아왔군요."

"기다려줘서 고맙소."

연분을 내려놓은 건우는 미영을 바라보았다. 미영은 박건우를 보면서 김 박사를 보고 있다는 생각이 들었다. 김 박사는 박건우 속에 살아 있었다. 건우는 이때 때가 되었다는 듯이 연분과 미영을 바라보며 말했다.

"이제 더는 도망치지 않겠소."

미영은 건우가 말하는 의미를 제대로 이해하지 못했다. 무슨 말을 하고 싶은 것일까. 이제 제정신으로 돌아왔고 사랑하는 아내 연분도 있지 않은가. 그런데 도망치지 않겠다니 무엇을 하려는 것일까. 건우는 죽은 호철을 안고 방 한가운데로 걸어갔다. 방 가운데에 선 건우는 호철을 내려놓고 무릎을 꿇었다. 그리고 머리를 바닥에 숙였다. 그의 목소리가 떨리고 있었다.

"저는 제주에서 살인자입니다. 저는 몽둥이에 맞은 길수를 칼로 죽였고 그의 동생 달수가 총에 맞아 죽어가는 것을 보고만 있었습니다. 죽은 달수의 눈이 무서워 달아났습니다. 길수와 연인이었던 연분을 길수의 생명과 맞바꾼다는 조건으로 강제로 빼앗았습니다. 그녀의 순결을 빼앗아 평생 고통 속에 살게 했습니다. 저는 지수가 조 의도에게 목이 졸려 죽는 것을 알았지만 아무것도 하지 못했습니다. 저는 제주에서 무고한 이들을 죽였습니다. 제 손은 피 냄새가 배어 있습니다. 이제야 사죄하러 갑니다. 제 손에 주검이 된 분들을 뵙고 사죄하기 위하여 그분들이 계신 곳으로 갑니다."

건우가 바닥에 머리를 찧자 머리에서 피가 흘러내렸다. 건우는 조 원장의 라이터를 집어 들었다.

"안 돼요!"

연분이 소리치자 건우가 연분을 바라보았다.

"연분, 나를 용서하지 마시오."

"저는 이미 당신을 용서했어요."

건우를 바라보는 연분의 눈가가 젖어 있었다.

"연분⋯⋯."

박건우는 라이터를 켰다. 불이 성화처럼 방을 밝혔다. 그 불을 바라보던 건우는 마음에 평화를 얻은 것 같았다. 경건한 예식을 거행하는 것처럼 건우는 불을 바닥에 내려놓았다. 불은 순식간에 올라왔다. 연기가 올라오자 미영은 조 원장을 밖으로 끌어냈다. 연분은 불 속에 있는 건우를 불렀다. 연분의 손은 건우를 꺼내려는 듯 불길을 향하고 있었지만, 건우는 연분을 바라보며 고개를 흔들었다. 그리고는 총을 자신의 관자놀이에 대었다. 건우는 불 속에서 허공을 바라보았다. 무엇을 보았는지 그의 얼굴이 웃고 있었다. 돌아온 미영은 불길을 보았다. 건우를 보낼 수 없었다. 죽음으로 지난 과거를 해결할 수는 없었다. 죽음은 또 다른 도피일 것이다. 미영은 건우를 구하기 위해 불길로 뛰어들었다.

"탕!"

연분은 눈물을 흘리면서 오열했다. 멀리서 사이렌 소리가 들려왔다.

폭풍 후

　　몇 달이 지났다. 그동안 미영은 경찰서에서 진술했으며 서울에 있는 가족과 연락을 했고 건우와 연분이 있는 병원을 오갔다.

　　일들이 조금 정리되자 미영은 김 박사와 함께 거닐던 바닷가를 다시 걸었다. 손으로 모래 한 주먹을 집었다. 모래가 손가락 사이를 빠져나갔다. 미영은 문득 히틀러가 생각났다. 쿠데타를 일으킨 것이 아니라 선거를 통해 합법적으로 당선된 히틀러는 패배 의식에 빠져 있던 독일 국민을 현혹했고 결국 히틀러의 말에 홀려 독일은 전쟁을 일으키지 않았던가. 『가라앉은 자와 구조된 자』의 저자 프리모 레비는 다음과 같이 말했다.

　　나치 라거(수용소)의 생존자인 우리가 전하는 경험은 신세

대들에게는 상관없는 일이고, 해가 갈수록 점점 더 상관없어 진다. 50년대와 60년대의 젊은이들에게 그것은 아버지들의 일이었지만 그 일은 모든 곳에서 일어날 수 있다. '유용한' 폭력이든 '쓸데없는' 폭력이든, 폭력은 우리 눈앞에 있다.

폭력은 지금도 계속되고 있었다. 미영은 프리모 레비의 말처럼 폭력은 흘러간 과거의 일이 아니고, 이 순간에도 우리가 맞닥뜨리고 있는 문제라고 생각했다. 미영은 한라산을 바라보았다. 지나간 폭력은 없을 것이다. 생각하면 모두가 폭력의 희생자였다.

숙소에 돌아온 미영은 김 박사가 남긴 메모 노트를 펼쳐 새로 쓴 마지막 메모를 읽었다.

'미안하다-건우,'

'이제, 그만 자신을 용서하세요-달수'

미영은 코끝이 찡했다. 건우가 달수였고 건우가 김 박사였고 김 박사가 달수였다. 모두 하나였다. 노트를 덮었다. 이제 미영은 어느 정도 일이 마무리된 것 같았다.

경찰의 수사는 속도가 더디기는 했으나 방향을 놓치지 않으려고 노력했다. 그들은 조 원장이 박건우를 가두고 폭력을 가한 독방을 찾아냈다. 조 원장의 병원에 있던 환자들은 다른 병원으로 옮겨졌다. 그러나 박건우가 숨겨놓았던 필름과 사진은 세상에 나오지 못했다. 경찰이 필름과 사진을 압수 수색했다고 했으나 행방은 오리무중이었고 누구도 필름과 사진이 어디 있는지 알지 못했다. 김진태 집에 있던 박스 또한 어디론가 사라져버렸다. 모든 증거 자료들이 감쪽같이 없어졌다. 경찰의 조사는 거기까지였다. 그러나 미영은 언젠가는 4·3의 모든 실체가 밝혀질 거라고 믿었다. 역사는 기억될 것이고 기억되기 위해서라도 진실은 양지로 나와야 했다. 그 시간이 더딜 뿐이었다.

신문은 '정신병원 환자가 벌인 원한에 의한 살인극'이라는 제목으로 대서특필하고 있었다. 결국 사건을 덮고 싶은 것이다. 눈이 와서 대지를 하얗게 덮은 것처럼 모든 것이 하얗다고 믿게 하고 싶겠지만, 봄이 오면 눈이 녹고 그 속에 감추어진 진실들은 드러나게 마련이었다. 김 박사와 함께했던 일들을 떠올리면서 미영은 '희망'이라는 말을 생각했다. 왠지 가슴이 울컥했다. 병원에서 건우는 사경을 헤매고 있었다. 연분은 건우 곁을 지켰다.

미영은 서울에서 내려온 후배 혜란과 제주 4·3 평화 기념관에 들렀다. 비가 한두 방울씩 떨어지고 있었다. 안내표지판이 가리키는 쪽으로 돌아가니 대한민국 광복의 순간부터 사건 순서대로 사진이 전시되어 있었다.

일제강점기, 사진 속의 제주는 하나의 거대한 요새였다. 일본 제국주의자들의 마지막 발악의 흔적이 고스란히 남아 있는 곳이 제주였고 그 속에서 제주민은 자행된 강제노역과 공출로 모진 고초를 겪었다. 그리고 해방과 함께 인민위원회 설치, 그리고 뒤이어 미 군정이 실시되고 1945년 12월 미국, 영국, 소련이 모인 모스크바 3국 외상 회의가 열린 내용이 연도별로 전시되어 있었다. 그리고 그 옆에 1947년 3·1만세 운동 기념대회를 하는 군중을 폭동으로 오해하여 경찰이 총을 쏘았다는 3·1 발포 사건에 관한 설명이 사진과 함께 전시되어 눈길을 끌었다. 어떻게 그럴 수 있었을까. 군중을 폭동으로 오인해서 총을 쐈다는 말 앞에서 미영은 한참을 머물러 있었다. 가해자는 보고 싶은 대로 상황을 본 것인가. 과거는 여전히 소통이 단절된 안개 같았다. 그리고 총파업이 일어나자 수사요원들이 200여 명을 연행하고 파업에 가담한 자들을 고문했다고 나와 있다. 오인을 했는데 오히려 그들을 고문하고 죽였다니 미영은 이 모든 것이 정말 아이러니라는 생각이 들었다.

1947년 3월 1일 경찰의 발포를 기점으로 다음 해인 1948년 4월 3일 제주의 무장 시위대와 토벌대가 서로를 향해 총부리를 겨누게 되었는데 1954년 9월 21일 한라산 통행금지령이 해제될 때까지 7년 7개월간, 주민들이 희생되었다고 기록되어 있었다. 하지만 7년 7개월이 다였을까. 실상 제주의 아픔은 그 후로도 몇십 년 동안 이어졌다. '붉은 섬'으로 낙인찍힌 제주에서 1만 4천 명. 많게는 3만 명이 희생되었다고 적혀 있었다.

"선배, 정말 잔인하고 무섭네요. 박건우 씨라고 했나요? 저는 그 사람이 미치지 않았다면 그게 더 이상했을 거 같아요."

"그래 정상적인 사람이 지니고 살아갈 수 없는 기억이었을 테니까."

"그때는 모두가 미쳐버린 것은 아닐까요?"

"히틀러의 말에 독일이 미친 것처럼."

"그래서 그들은 아우슈비츠 수용소에서 유대인들을 아무 죄책감도 없이 죽일 수 있었을 테니까요. 같은 인간이라는 생각보다는 유대인은 죽어야 한다는 생각이 그들의 정당성이었을 테니까요."

"맞아. 홀로코스트, 600만 명을 학살했지. 아리아인은 우월하다고 했다지. 그리고 유대인은 악마라고 규정지었다는데 이 말도 안 되는 말을 독일 국민은 마취당한 듯 믿었다는 거야. 우리가 레드 콤플렉스에 마취되어 살아온 것처럼."

"어떤 이데올로기는 정말 사람의 이성을 마비시켜버리는 것 같아요. 무엇이 옳고 그른 것인지도 판단하지 못하게끔 생각이 마비된 좀비 같다고나 할까요."

미영은 혜란의 말에 한기가 들어, 몸을 움츠렸다.

미영은 조 원장을 보러 갔다. 몸은 점점 회복되어가고 있었지만 조 원장은 여전히 불안과 조울증과 피해망상에 시달리고 있었다. 병원 치료가 끝나면 조 원장은 정신병원으로 가게 될 것이라고 했다.

정신병원을 운영하던 사람이 정신병원에 갇히다니, 아이러니했다. 미영이 들어섰을 때 조 원장의 손과 발은 묶여 있었고, 발작은 더 심해지고 있었다.

"아니, 이게 누구신가? 정 박사 아니신가."

"저를 알아보시겠어요?"

"히히, 당연하지 정 박사. 내가 너를 너무 쉽게 본 것이 실수였어."

"원장님, 이제라도 자신의 인생을 찾으셔야죠."

"내 인생? 히히, 내 인생이 뭔데? 아버지가 나를 가만두지 않을 거야. 아버지한테서 그 누구도 빠져나올 수 없어."

"빠져나올 생각도 안 하고 있잖아요."

"너는 몰라. 나는 무섭고 두려워."

"당신 아버지 조의도는 이제 이 세상에 없어요. 이제부터는 당신 인생이에요. 원장님, 다시 세상을 새롭게 살아갈 수 있어요."

"죽여버릴 거야. 나를 이렇게 만든 놈들을 가만두지 않을 거야. 정 박사. 지금은 이긴 것 같지. 히히. 하지만 두고 봐. 내가 다시 힘을 얻게 되면 너희들을 다시 파멸시켜줄 거야. 사나운 사냥개처럼 물어뜯어주겠어."

그의 눈빛이 다시 거칠어지는 것을 보고 미영은 일어서야 했다. 조 원장은 자신의 섬에 갇혀 나오지 못하고 있었다. 섬은 갇힌 마음이었고 감옥이었다. 그는 아버지 조의도라는 섬에 갇혀 여전히 고통을 당하고 있었다. 미영은 조 원장에게 말했다.

"당신 아버지 조의도는 당신이 생각하는 그런 대단한 사람이 아니라고요. 망령이자 살인자일 뿐이에요."

"히히. 웃기지 마. 아버지는 살아 있어. 그리고 대단하지 않다고? 그럴지도 모르지. 여기까지 왔으니 내가 비밀 하나를 알려주지. 아버지가 그깟 사진 몇 장 때문에 담배를 피우다 폐병으로 돌아가신 줄 알아? 나는 아버지의 비밀을 알고 있지. 아버지는 그리 약한 사람이 아니야. 아버지는 날마다 손을 보고 있었어. 지수를 목 졸라 죽인 손. 그 손이 평생 아버지를 따라왔던 거지. 지금 생각하니 아버지가 손에 귀신 붙었다고 한 말은 그 의미였어. 아버지는 그 느낌을 두려워했어. 그 손의 느낌. 지수의 목을 누르고 있던 그 서늘한 느낌 말이야. 당신 말이 맞을지도 모르지. 아버지는 그것을 이겨내지 못했지. 다른 것은 다 잊었는데 그 손의 기억을 지우지 못했어. 히히. 바보 같은 인간."

"살인을 저지르고 아무렇지 않게 살아갈 수 있는 사람은 없어요."

"정 박사. 나를 죽여줘! 나를 이곳에서 나가게 해줘."

조 원장의 증세는 더 심해지고 있었지만, 달리 도와줄 방법이 없었다. 조 원장이 스스로 문을 열고 조의도의 방에서 나오기를 기다리는 방법밖에는 없었다. 그는 죽을 때까지 조의도에게 고통받을 것이다.

미영은 조 원장을 생각하며 그가 가해자였는지 피해자였는지 아니면 그 둘 다였는지 선뜻 판단이 서지 않았다. 그는 아버지 조의도의 폭력에 희생당한 피해자였지만 그 폭력에 길들어진 또 다른 가해자였다는 생각이 들었다. 조 원장은 증세가 점점 심해져 가는 고통에 시달리며 그가 저지른 만행에 대한 죗값을 받고 있는 것 같았다.

온몸에 화상을 입은 박건우는 연분의 간호로 점차 회복되고 있었다. 병원에서 의식을 회복한 건우는 눈물을 흘렸다.

"나는 달수를 보았소. 저승의 문이 열리고 나는 흰 머리를 풀어 헤친 죄인의 걸음이었소. 길이 보이지 않는 어둠 속에서 그 어둠을 밝히는 등불이 다가왔소. 달수였소. 나도 모르게 눈물이 흘렀소. 그것은 아마도 달수를 만난 기쁨이었고, 나이기도 했고 달수이기도 했던 한 사람이 비로소 두 사람으로 온전해지는 순간 같았소. 그리고 무엇보다 가장 큰 마음은 속죄였소, 속죄할 수 있다는 안도감 말이오, 나는 무릎을 꿇었소. 그러나 달수는 손에 든 등불을 내 손에 쥐여주며 나를 일으켰소. 아직 올 때가 아니라는 듯이, 세상에 남아 뭔가 할 일이 있다는 듯이 나를 돌려세웠소, 달수는 아무 표정도 말도 없었지만 나는 느꼈소. 달수는 나에게 따뜻하였소. 자꾸만 어서 가라는 손짓을 하며 손을 흔들었소. 나는 등불을 두 손으로 감싸들고 등불이 밝혀준 길을 따라 이렇게 돌아온 것이오."

연분은 건우의 손을 잡았다. 한차례의 뜨거운 눈물이 쏟아졌다. 건우와 연분은 미영과 함께 4월의 애월 바다를 찾아 억울하게 간 망자들의 넋을 위로하기로 했다.

미영은 건우에게 병문안을 갔다. 그때 호철에 대한 마음을 물었다.

"호철이…… 내가 달수였을 때는 호철이를 죽이고 싶었어요. 증오와 분노의 감정이었어요. 형을 팔아넘기고 무고한 사람들을 죽게 했으니까요. 하지만 평생 프락치로 살아온 호철이에게 연민을 느꼈어요. 내가 만일 호철이었다면 어떻게 했을까, 하는 생각이 들었어요. 살고자 하는 마음은 같았거든요. 처음 나를 보던 연분의 눈이 기억나요. 잠든 내 목에 칼을 대고 울던 연분 말이에요. 그 마음이 오죽했겠어요. 호철이도 그 당시에는 살기 위해서, 살리기 위해서 어쩔 수 없는 선택을 한 거잖아요. 나는 정말 죽고 싶었어요. 그런데 나는 아직 살아 있어요. 저승에 먼저 가신 분들이 사죄할 기회를 준 것이지요. 언제든 죽을 수는 있지만 인간답게 사는 것은 지금이 아니면 안 된다는 것을 알았어요. 호철이도 달수의 마음을 알았을 거예요. 호철이와 달수는 어릴 적부터 친구였어요. 눈이 오면 눈을 맞고 비가 오면 비를 맞고 살았어요. 고구마를 나눠 먹고 같이 불을 쬐고 물고기를 잡으러 돌아다녔어요. 호철이와 같이 놀던 골목을 달수는 그리워하고 있었어요. 호철이는 잘 웃는 아이였는데 조의도에게 끌려간 다음부터는 웃음을 잃어버렸어요. 호철이와 달수는 서로를 의지했어요. 친구가 아니라 피를 나눈 형제 같았어요. 그 마음 때문이었을까요. 형을 죽게 한 호철이지만 달수는 호철이를 미워할 수 없었어요. 살아가는 일이 그런 것 같아요."

2003년 봄, 박건우의 얼굴 한쪽은 화상으로 일그러져 있어 예전의 얼굴을 알아볼 수 없었다. 하지만 눈빛은 봄날의 햇살처럼 순수하고 맑았다.

제주의 봄은 눈이 부셨다. 유채꽃과 어우러진 바다는 노란 색동옷을 입은 아이들이 손을 잡고 강강술래를 뛰는 것 같았다. 금빛 꽃결과 옥빛 물결이었다.

미영의 승용차가 애월 바다로 들어섰다. 휠체어가 내려지고 모자를 쓴 건우가, 연분과 미영의 도움을 받아 차에서 휠체어로 옮겨졌다. 목련꽃 빛깔 같은 하얀 치마 옷을 입은 연분이 절뚝거리며 휠체어를 천천히 밀었다. 건우의 무릎에는 흰 국화 한 다발이 놓여 있었다. 애월에 드리운 4월의 노을이 세 사람을 맞이했다. 노을을 받은 바다는 지천에 꽃이 피어난 듯 출렁였다. 건우는 자신이 맡던 비릿한 냄새가 사라진 것을 알았다. 화상을 입고 난 뒤에는 구토증이 없었다.

"연분, 나는 화상을 입기 전에 비릿한 냄새를 맡아왔소. 비릿하면서 역겹기도 하고, 아프고 슬프기도 했다가 사라지는 그런 냄새였소. 속은 늘 울렁거렸소. 바다를 보면 더욱 그랬소. 물에서 피를 느꼈던 것 같소. 그런데 그 냄새가 사라졌소. 아마도 내 몸에서 난 냄새였던 것 같소."

　건우는 국화 송이를 가만히 바다에 놓았다. 길수와 달수, 호철의
이름을 띄웠다. 그리고 억울하게 죽어간 망자들의 혼을 실었다. 국
화 송이송이마다 고문으로 죽어간 이들과 총에 맞거나, 죽창에 찔
려 죽은 이들이 있었고, 팽나무에 나체로 매달려 창에 찔려 죽은 이
들이 있었다. 아기와 함께 죽어간 임산부가 있었으며 돌팔매에 맞아
죽어간 원혼들이 있었다. 연좌제에 끌려가 죽임을 당한 억울한 이들
과 어머니 뱃속에서 죽어간, 태어나지도 못한 영혼들이 있었으며,
굴속에서 죽임을 당하고 방화에 죽어간 혼들이 있었다. 집단으로 학
살당한 넋들과 부모와 형제 대신 죽은 망자가 있었고 아직 죽음이
밝혀지지 않은 이들도 있었다. 국화꽃들이 출렁이며 먼바다로 떠나
고 있었다.

　"연분, 여기 제주는 살아 있는 한 송이 꽃이었소. 예전에는 제주
가 돌처럼 죽어버린 꽃인 줄 알았는데 그게 아니었소. 아파하고 있
었소. 벌레가 먹고 바람에 잎이 찢겨도 꽃을 피우는 일을 포기하지
않았던 것이오. 죽어버린 줄 알았지만 이렇게 꽃을 피우려고 그동
안 어둠 속에서 고통을 인내해왔던 것이오. 연분, 나는 죽음의 문턱
에서 등불을 손에 쥐여주며 나를 되돌려보낸 달수의 그 뜻을 가슴에
새겼소. 나는 글을 쓸 생각이오. 다시는 세상 어디에서도 제주 4 · 3
이 일어나지 않기를 펜에 염원해볼 생각이오."

　연분이 허리를 숙여 건우를 안았다.

미영은 이제 '과거로의 여행'을 끝낼 때가 되었다고 생각했다. 미영은 미래로 가는 희망의 여행을 떠올리며 바다를 바라봤다.

노을은 제주를 어루만지듯 번졌다. 제주는 꽃잎처럼 물들고 있었다.

후기

과거와 미래는 현재 풀어야 할 숙제다.

제주 4·3을 쓰는 일은 또한 느끼는 일이기도 해서 사실과 진실 안에서 역사를 이해하려고 노력했다. 아프고 고통스러웠으나 또한 같은 맥락에서 나는 용서와 화해의 지점을 발견하기도 했다. 이 모든 과정이 마치 퍼즐을 푸는 일 같았다.

나는 제주 4·3을 써야겠다고 나와 약속했다. 왜 그런 약속을 했는지 모르겠다. 여행 중에 들렀던 4·3 기념관 때문일 수도 있고 문학 시간에 배우고 가르쳤던 현기영 소설가의 「순이 삼촌」 때문일 수도 있고 제주에 있는 문우들 때문일 수도 있겠다.

나는 경험하지 않았기에 역사의 실체와 그 질감의 중심에 들어갈 수는 없었다. 나의 글은 피상적이고 표피적이어서 깊이에 가 닿지 못하는 이야기에 불과할지도 모른다. 하지만 무언가 나를 계속 쓰게 했다. 에세이스트 김현숙 선생님이 제주의 언어를 손봐주셨고 소설 봄 문우들과 친분이 있는 분들이 부족한 초고를 읽어주셨다.

제주 4·3의 제단에 한 송이 붉은 꽃을 올려놓겠다는 약속을 지킬 수 있어 기쁘다. 하지만 한편으로 제주 4·3을 온전히 담아내지 못했다는 생각에 죄송하고 부끄럽다.

이제 약속을 독자들께 띄워 보낸다. 출간의 기회를 열어주신 광주문화재단과 푸른사상사에 깊이 감사드린다.

무너진 묘지 위를
맴돌던 바람이 섬그늘로 몰려갔다
묘지의 주인을 호명하는
갈매기 울음소리
먼바다에서 밀려오는
하얀 망자들의 춤
검은 돌 하나를 묘비처럼 세워 놓았다
파도 소리가 쳐대는 술집에 들어가
무너진 묘지 위에 술을 붓는다

슬픔이 흥건해지자

나는 옆자리에 앉아

말없이 눈물짓는

낡은 의자의 어깨를 어루만졌다.

2021년 겨울
강대선